IN 吴中

吴融媒 编

苏州新闻出版集团
古吴轩出版社

图书在版编目（CIP）数据

IN吴中 / 吴融媒编. -- 苏州 : 古吴轩出版社，2024. 10. -- ISBN 978-7-5546-2455-5

Ⅰ. I267.1

中国国家版本馆CIP数据核字第20242W7S98号

责任编辑： 徐小良
见习编辑： 张　君
装帧设计： 孙佳婧
责任校对： 任佳佳

书　　名： IN吴中
编　　者： 吴融媒
出版发行： 苏州新闻出版集团
古吴轩出版社
地址：苏州市八达街118号苏州新闻大厦30F
电话：0512-65233679　　　邮编：215123
出 版 人： 王乐飞
印　　刷： 苏州市越洋印刷有限公司
开　　本： 787mm × 1092mm　1/32
印　　张： 10.5
字　　数： 138千字
版　　次： 2024年10月第1版
印　　次： 2024年10月第1次印刷
书　　号： ISBN 978-7-5546-2455-5
定　　价： 68.00元

INWUZHONG | 坐标吴中

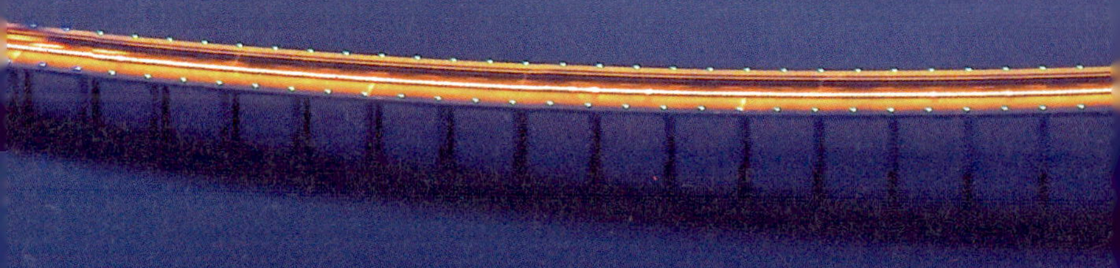

“INWUZHONG”，顾名思义就是“在吴中”，呈现吴中之美，畅享最美吴中。呈现吴中之美，是“吴中发布”的使命之一；畅享最美吴中，是“吴中发布”的良好祝愿。作为“吴中发布”的品牌栏目，《INWUZHONG》的职责使命就是盘点吴中特色亮点，彰显吴中最美模样。

在这本书中，我们将秉承发现美、呈现美、推介美的宗旨，聚焦吴中的人、物、事、景等，以时间为轴，以盘点的形式和图文并茂的方式，展现吴中的人文风物与发展之美。

我们定义的“INWUZHONG”，可以用这么几个关键词来概括，那就是好玩、有趣、权威。相信这本书一定会给大家提供可按图索骥的攻略，为来吴中感受“最美”的读者提供价值参考，打造一份生动的吴中体验指南，成为一直在线的“最美吴中”推荐官。

当然，囿于水平，本书难免挂一漏万，所以也期待读者给予宝贵建议，让《INWUZHONG》在发展中越来越好！

目　录

春季篇 /001

美！吴中花海打卡地公开 / 002
露营吴中，解锁不一样的春天 / 010
20分钟的快乐，是真的 / 018
春日里，打卡吴中宝藏湿地公园 / 026
吃茶去！就在新中式茶馆 / 036
绝了！吴中坐拥超级湖景的咖啡店 / 044
谁能拒绝吴中这口“糯叽叽” / 054

夏季篇 /063

今天你“薄荷曼波”了吗 / 064
又一年，吴中荷花开了 / 070
约吗？到吴中的古镇街巷走一走 / 078
探寻隐藏于吴中的“空调村” / 086
拿捏大片！一起去追“橘子海” / 092
酷暑食欲不振？来吴中吃这些清凉美食 / 100
吃一口“吴中地标”，瞬间凉快 / 106
吴中的“夜宵江湖” / 114

秋季篇 /121

秋高气爽，去爬吴中这些山 / 122

这么香的吴中：吴中赏桂图鉴来哉 / 134

此刻吴中银杏正黄 / 140

探访吴中宝藏古村 / 148

好甜！吴中橘子采摘线路公布 / 160

来太湖，做一回“周末岛主” / 166

“吃货”必看！吴中十大碗 / 182

吴中这7家老面馆，是好多人的“第二食堂“ / 192

冬季篇 /203

大片感！吴中水杉红了 / 204

尔滨，来吴中耍不 / 212

绝美顶流！ 吴中12月的TA / 218

在宠物友好空间，感受吴中的温度 / 222

好冷！来吴中泡宝藏温泉 / 228

最美年宵花，藏在吴中“花花世界”里 / 234

馋哭！吴中人离不开的年味 / 240

逛吃篇 / 247

超美！吴中看水好去处 / 248
吴中这几条路，“卷”出了不一样的美 / 258
在吴中古树下重逢旧时光 / 266
你们要的吴中版Citywalk（城市漫步）来啦 / 272
藏不住了！家门口的网红秘密花园 / 278
当MBTI遇见吴中的建筑 / 282
首店！排队王！“面包脑袋”冲 / 288
知晓！吴中十五大非遗工坊 / 294
漫步吴中特色菜市场，感受人间烟火气 / 302
驰名中外！吴中特产（小吴推荐版） / 308

努力当好“最美吴中”推荐官（代后记） / 323

春季篇

美！吴中花海打卡地公开

风有约，花不误，一路向阳，繁花似锦，吴中的春天藏不住了。快来吴中奔赴一场花海盛宴吧！

暗香疏影 梅花

梅花层层叠叠缀满枝头，如同云霞，缤纷绚烂。在这淡雅的梅香中，着一身汉服打卡“梅”景，开启“梅”好时光。

赏花期：2—3月

香雪海：中国四大赏梅胜地之一，满山梅花，馨香扑鼻，洁白如雪，繁花似海，故称“香雪海”。山上有宋荦“香雪海”摩崖石刻、乾隆御碑、闻梅馆、梅花亭。清康熙帝三次、乾隆帝六次光顾，遂得“邓尉梅花甲天下”的美誉。景区终点站文创专区还有梅花扩香石、毛绒梅花挂饰、梅花红茶等文创产品，让你赏梅之后还能带走“梅”好。

林屋梅海：环绕“天下第九洞天”林屋洞的，是享誉全国的赏梅胜地，这里已成为中国梅文化研究基地。梅花盛开时，登临林屋山，放眼望去，千亩梅海白浪翻滚，凝若积雪，蔚为壮观，有“驾浮观梅”“林中探梅”“水上赏梅”三大系列景观。

雨花胜境：古桥、古宅、古木遍布，蜿蜒的小道两旁尽是梅花，寻梅访古之际，拾级而上，可直达莫厘峰顶。

木渎镇榜眼府第：此地之梅，为凡花俗卉所望尘莫及。几抹墨色梅影依偎花窗，清浅梅香在疏影横斜的枝条上浮动。三两梅枝，自成一绝。便是这样的梅，千百年来被诗画大家们入眼、入诗，又入画。

其他梅花观赏地推荐：渔洋山、穹窿山、东山雕花楼、紫金庵、启园、旺山、苏州太湖园博园

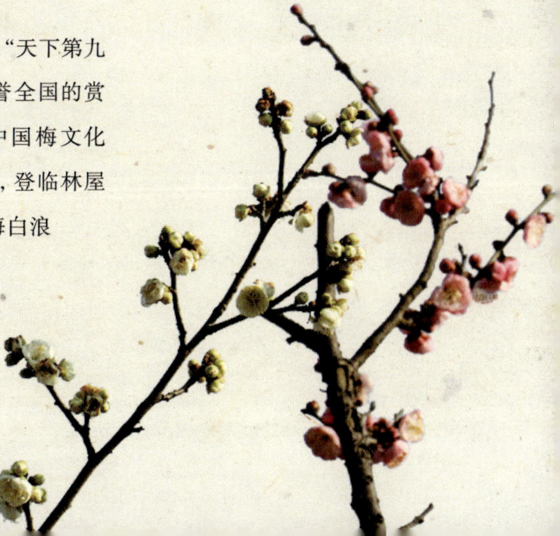

● **高洁清雅　玉兰花**

春风和煦，花开无尘，或白或黄或粉或紫，纯洁而芬芳。花朵大而绚烂，装点着初春的景致，绘就了满目芳华的画卷。

赏花期：3月

玉兰花观赏地推荐：穹窿山、旺山、陆巷古村、紫金庵、启园、宝带桥公园、独墅湖生态公园、越溪街道苏街

● **桃之夭夭　桃花**

杨柳依依，桃花盛开。来吴中太湖怎么能不赏桃花呢？百亩桃花灼灼绽放，绵延数里，如霞似锦，美哉美哉！

赏花期：3月底至4月初

桃花观赏地推荐：渔洋山、雨花胜境、三山岛、陆巷古村、冲山果园

● **风姿绰约　樱花**

暖风吹拂，粉嫩的樱花似轻盈的蝴蝶在空中舞动。浪漫的樱花季，我们在吴中等你来赴约。

赏花期：3—4月

樱花观赏地推荐：光福樱花谷、铜观音寺、承祖路、东山环太湖大道

● **热烈耀眼　油菜花**

大片大片的油菜花在太湖畔肥沃的田地里肆意热烈地盛放，微风拂过，荡漾起一层层金色涟漪，花香阵阵，诉说着春日的浪漫。

赏花期：3月上旬至4月中旬

油菜花观赏地推荐：乌峰顶、三山岛、漫山岛、开心农场、林渡暖村

● **风华绝代　海棠花**

素有“花贵妃”之称的海棠，是太湖畔栽培良久的传统名花。微风吹来，花朵轻颤，婀娜妩媚，惹人爱怜，“花中神仙”名不虚传。

赏花期：3月中下旬

海棠花观赏地推荐：光福邓尉村

洁白无瑕 梨花

梨花白雪香，一枝春带雨。春风吹，梨花开，秀而不媚，香而不郁，繁而不傲，清新脱俗，点缀了一方春色。

赏花期：3月底至4月上旬

梨花观赏地推荐：角里梨云基地、旺山

浪漫梦幻 紫藤花

紫色的花朵披垂下来，似云锦可裁，似瀑布可掬。站在花下，清风拂来，仿佛能听到轻柔的春日曲调。在西山岛罗汉寺，有一棵300余年的紫藤浪漫地缠绕着两棵600余年的香樟树，似云龙戏珠，难分彼此，这一缱绻缠绵的“藤樟交柯”奇景也被称为“吴中一绝”。而在东山古镇东头敦裕堂老宅旁，一株千年紫藤如虬龙盘绕，它是在2015年的古树普查中被发现的苏州现存4棵一级紫藤古树中树龄最长的，相传是宋朝遗木。

赏花期：3月下旬至4月中旬

紫藤花观赏地推荐：西山岛罗汉寺、东山古镇东头敦裕堂老宅旁、林屋洞前、缥缈峰、司徒庙、渔洋山、保圣寺、严家花园、王韬纪念馆

灿若云锦　杜鹃花

阔别了芬芳的桃李，在人间四月天，被誉为“花中西施”的杜鹃花在山间怒放，染红了整个山顶。

赏花期：4月

杜鹃花观赏地推荐：雨花胜境、缥缈峰

活泼灵动　蔷薇花

心有猛虎，细嗅蔷薇。在细碎的阳光下，粉色的蔷薇或含苞待放，或开得正盛，或一枝落垂，或满墙珠玉。

赏花期：4月

蔷薇花观赏地推荐：香雪海

孤本古树　孩儿莲

东山雕花楼370余岁的孩儿莲，花朵粉嫩小巧，如万盏红灯。伫立树下，观其气势不凡，苍老雄古，透着“清奇古怪”之神韵。

赏花期：4月中下旬

孩儿莲观赏地推荐：东山雕花楼

露营吴中，解锁不一样的春天

人就应该待在没有天花板的地方，享受田园生活的烟火味儿。3月，春暖花开，最适合露营的时候来了。吴中拥有背山环湖的自然优势，宝藏露营地可真是太多啦！去太湖畔、去公园、去郊野，追逐微风、篝火、星辰，来一场浪漫又惬意的春日露营派对吧！一块草地，一顶帐篷，一片天空，在吴中自然山水间解锁不一样的春天。

Camp Wonder 奇思妙想营

这是一片太湖旁的绿野之地，在这里可露营，可进行户外烧烤，还能看露天电影、举办音乐篝火派对。超大的空间、多种多样的娱乐方式，让团建变得简单而快乐。

地址：吴中区横泾街道林渡暖村（可导航“Camp Wonder·太湖营地”）

不觉晓 CAMPING

躺在草地上打个滚，是体验大自然乐趣的初级方式。在临湖的不觉晓CAMPING，大家不仅可以在草坪上聚会，还能赏湖景、观日落。这里也可根据团队需求定制方案，临湖露营、水上运动、露天电影、音乐篝火派对、户外烧

烤等项目让你的一天充实且快乐。

地址：吴中区横泾街道林渡暖村（可导航“不觉晓CAMPING·苏州太湖营地”）

苏州“小乌兰布统”露营地

苏州“小乌兰布统”露营地为免费开放的露营地，这里有茂盛葱郁的大草地、蜿蜒曲折的河流、成群的白鹭，让人似乎一秒到达了乌兰布统。在这里，你可以带一块野餐垫、一只风筝、一套露营装备……与微风、落日、晚霞相伴；又或者是空手而来，尽情享受大自然的辽阔。

地址：吴中区横泾街道林渡暖村（可导航“新众副业队”）

渔洋山半山露营草坪

从渔洋山景区停车场步行约10分钟便可以到达景区内的大片草坪，草坪区域三面环山，面朝太湖，视野开阔，在这里可以欣赏太湖美景。草坪周边绿植郁郁葱葱，闲暇时还可以登顶渔洋山一览湖光山色，沿途花海烂漫，美不胜收。

地址：吴中区太湖大桥2号桥口渔洋山景区内（可导航“渔洋山”）

XTERRA渔洋湾户外运动体验中心

XTERRA渔洋湾户外运动体验中心位于美丽的太湖沿岸、渔洋山脚下。超大的户外草坪与白色帐篷搭配，随手一拍，就是妥妥的写真大片。在这里可以开展骑行、游泳、户外安全知识培训、运动康复、X-Discovery文化探索、露营派对、户外嘉年华等丰富多样的活动。

地址：吴中区环太湖大道（可导航“XTERRA渔洋湾户外运动体验中心”）

太湖新天地生态休闲公园

太湖新天地生态休闲公园临山环水，绿草如茵，是以湿地体验、湖滨观光、娱乐休闲和文化感悟为主的生态公园。慵懒的春日午后，带上喜欢的美食，在大草坪上支顶帐篷，和家人、好友一起畅聊，或是一起放风筝，简直太惬意了！

地址：吴中区环太湖大道108号（可导航“太湖新天地生态休闲公园”）

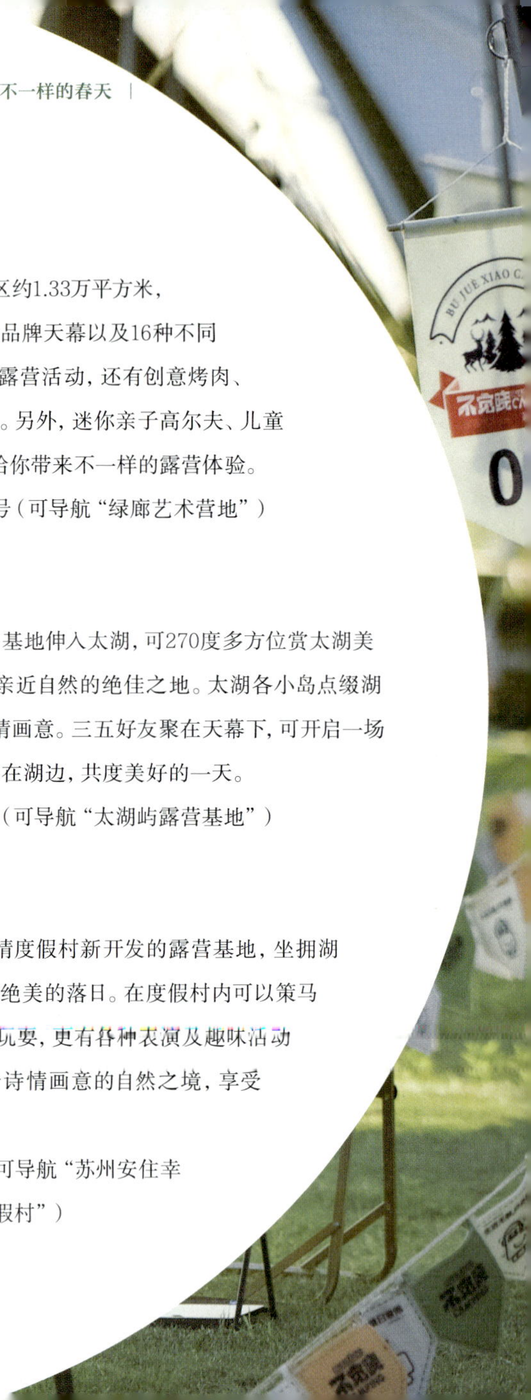

绿廊艺术营地

营地占地约3.87万平方米，营区约1.33万平方米，拥有450平方米的模块建筑、33个品牌天幕以及16种不同规格的帐篷，适合进行日间、夜间露营活动，还有创意烤肉、小火锅、网红牛蛙面、咖啡等餐饮。另外，迷你亲子高尔夫、儿童无动力乐园、有机小菜园等项目，给你带来不一样的露营体验。

地址：吴中区环太湖大道134号（可导航“绿廊艺术营地”）

太湖屿露营基地

太湖屿露营基地位于长沙岛，基地伸入太湖，可270度多方位赏太湖美景，是远离城市喧嚣、休闲度假、亲近自然的绝佳之地。太湖各小岛点缀湖间，层峦叠嶂，错落有致，充满诗情画意。三五好友聚在天幕下，可开启一场美味的烧烤盛宴，让欢声笑语荡漾在湖边，共度美好的一天。

地址：吴中区香山街道长沙岛（可导航“太湖屿露营基地”）

西龙潭露营地

西龙潭露营地是太湖牛仔风情度假村新开发的露营基地，坐拥湖光山色，景色宜人，在这里还可赏绝美的落日。在度假村内可以策马奔腾、开卡丁车、在儿童乐园尽情玩耍，更有各种表演及趣味活动轮番登场，让你卸下疲惫，穿梭于诗情画意的自然之境，享受轻松自由的时光。

地址：吴中区金庭镇消夏湾（可导航“苏州安住幸福山庄”或“苏州太湖牛仔风情度假村”）

TIPS

露营虽惬意，安全更重要。露营时请务必注意消防安全，自觉维护环境卫生，遵守营地各项规定。休闲娱乐的同时也要爱护环境。

20分钟的快乐，是真的

继Citywalk（城市漫步）、围炉煮茶之后，“公园20分钟效应”成为当代人新的自我治愈的方式并在网络上引发热议，很多网友表示：“试过了，是真的。”

研究人员发现，每天在户外待上一小段时间能够让人更加快乐。即便不做运动，只是到公园待上20分钟，人的状态就会变得更好。

吴中宝藏公园众多，建议大家春天多来吴中的公园转转，看着天空、云朵、偶尔飞过的蝴蝶、随风而动的树叶，心情会变得特别舒畅。

寿桃湖公园

寿桃湖公园被称为“苏州小桂林”，远山、近水、城市，在这里同框。海棠、樱花、桃花、油菜花……各种花儿争奇斗艳，奏响了春日序曲，让人的心情变得格外舒畅。因为矿坑很深，湖水格外碧绿。如镜的湖面上托起一座寿桃似的小山，三面碧水，似绿叶相衬。山与水和谐相融，一幅仙湖捧桃的画境跃然眼前。这里是独自放空时不可错过的山水秘境。

地址：吴中区木渎镇灵天路与张泾浜路交叉口

五龙桥公园

总面积近10万平方米的五龙桥公园依傍运河而建。悠悠运河，绵延千里，奔涌向前。草坪宽广，栈道平坦，水植葱郁，湿地风光尽显浓郁的水乡气息。观景长廊悠然延伸，吴地的浪漫烙印于此。春和景明，各种可爱的水鸟也在此流连忘返。夜晚来到这里更能远望彩灯交相辉映——夜幕下光彩熠熠，灿若星火，美不胜收。晚饭后来到河岸边散步或夜跑，在扑面的晚风中畅快地呼吸，用运动带来的多巴胺击碎一天的烦闷。

地址：吴中区太湖西路325号

塔山公园

春风一吹，塔山公园的樱花林里便传来阵阵风铃声。不同于早樱的温婉清丽、小巧轻盈，这里的晚樱开得浓郁热烈、华丽绚烂，将春意尽情释放。公园内有七级方塔雄居山巅，凭栏远眺，湖光山色，一览无遗。微风吹过，塔檐上风铃摇晃，余音袅袅，让人浮想联翩。漫步于曲径通幽的林荫小道上，春风送暖，顿时让人感到神清气爽。

地址：吴中区光福镇铜观音寺

天鹅湖公园

天鹅湖公园依托湖泊、绿地而生，占地约24万平方米。蓝天下，自然光景与运动设施交错，桥梁纵横，步道通畅，喷泉瀑布带来了清爽的水汽，植物迷宫为“氧吧”充能。作为太湖新城的“城市绿肺”，公园内花木种类繁多，空气中满是湖水与青草的香气。可在园内网红桥——龙形桥上漫步，和亲人朋友一起在蹦床上嬉闹，或者骑上自行车迎风驰骋。玩耍或运动之后在凉亭里歇息，享受休息日的悠闲时光。

地址：吴中区龙翔路西、天鹅荡路南侧

宝带桥·澹台湖大运河国家文化公园

运河畔，交通干线下，楼宇大厦间，48万平方米的绿地与水面中诞生了这座公园。这里景点众多，花枝摇曳，水色绿意相映成趣，清风拂柳，枝条划过水面泛起阵阵涟漪，像是闹市中的一片桃源绿洲。清晨，球场上篮球撞击地面的声音唤起运河边的生机，孩童在童趣园的嬉笑声、健身市民轻松雀跃的步伐点缀在城市之间，交织成惬意自在的城市光景。

地址：吴中区太湖东路363号

欢乐胥江健身公园

公园规划面积为60.94万平方米，集绿色、生态、休闲和健身于一体。步道宽而平整，球场干净整洁，树荫为人们遮挡刺眼的阳光。清风送爽，虫鸣鸟叫，绿色植物簇拥着宽广的健身广场，运动区域设计得缤纷多彩，为健身增添了一份趣味。居民们列起方阵跳操，锻炼者们步伐矫健，滑板爱好者踩着滑板穿行飞驰。白天热闹有趣，夜晚华灯溢彩，置身现场，你会被全民健身的氛围所感染，情不自禁地加入其中。

地址：吴中区胥口镇东欣村滩港桥7号

太湖新天地生态休闲公园

公园临山环水，绿草如茵，生态环境极佳，是亲子露营、野餐郊游的理想之地。这里有宽阔的大草坪、特色餐厅、网红咖啡馆、齐全的娱乐设施，这是一座不用买门票就能游玩的“神仙”公园。

地址：吴中区环太湖大道108号

独墅岛公园

这是一座近期新建成的公园。公园四面环水，视野开阔，环境优雅，别具特色。漫步其间，湖风拂面，令人心旷神怡。曲径通幽的湖面栈道、各具特色的景观树点缀其中，让这座公园风光优美、绿意盎然。你可以带上帐篷、吊床、小食来这里野餐，把心情托付给波光粼粼的湖水。躺着，放松，就是这么简单。

地址：吴中区郭巷街道独墅岛街

独墅湖生态公园

有芦苇，有荷塘，有河流，有桥梁，有蛙叫蝉鸣，有鸟儿飞翔，这里是人少景美、隐藏于闹市的世外桃源，是植被种类繁多的独特的“天然氧吧”。蜿蜒的红色木栈桥贯穿林中，一步一景，让人感受到草木盎然的生机，体验“以天为幕，以地为席”的纯粹与自由。

地址：吴中区郭新东路与东方大道交叉口

春日里，
打卡吴中宝藏湿地公园

湿地被称为“地球之肾”，不仅是诗意的栖居地，也是人与自然和谐共生的重要纽带。吴中坐拥五分之四的太湖峰峦、五分之三的太湖水域、五分之二的太湖岸线，生态资源得天独厚，特别是湿地公园，更是值得一逛的宝藏公园。趁着周末，放下手机，走出家门，来吴中的宝藏公园走一走！

太湖湖滨国家湿地公园

打卡理由：集科普教育、湿地研究、生态观光等多种功能于一体

春日里的太湖湖滨国家湿地公园天蓝水清，绿意盎然，处处洋溢着灵动而鲜活的生态之美。沿环太湖1号公路行驶，风景随一路的风声而变化，当你看到巨大的木制水风车时，太湖湖滨国家湿地公园就到了。

走进太湖湖滨国家湿地公园，只见满眼绿意盎然，耳畔充盈着鸟叫声、虫鸣声。湖面上碧水悠悠，春日的惬意在这里被找回。

这里拥有5千米蜿蜒相连的木栈道，沿着栈道可以走向太湖水面。漫步栈道，伴随着脚下吱呀吱呀的摩擦声，凉爽的风送来清新的空气。

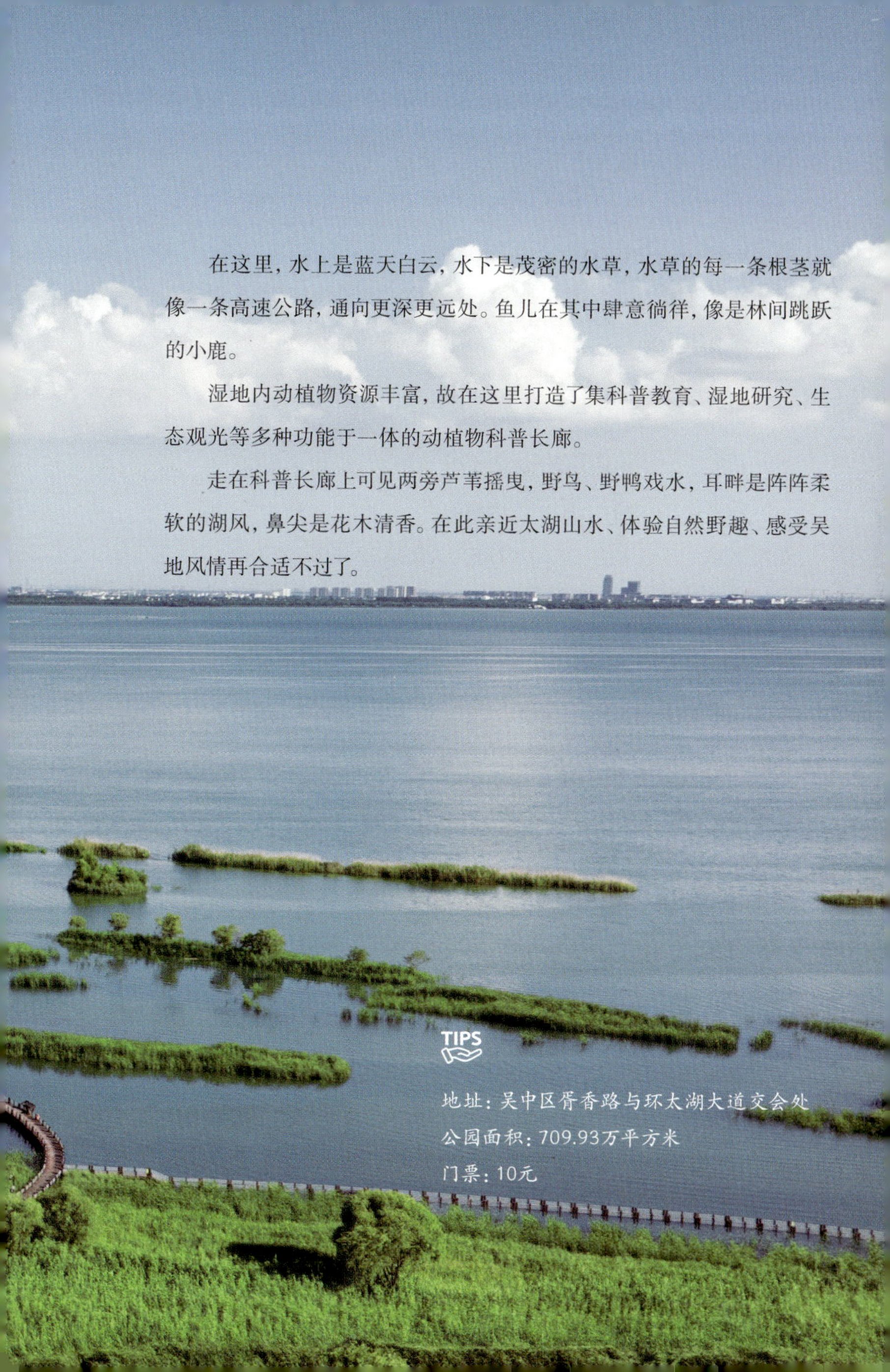

在这里，水上是蓝天白云，水下是茂密的水草，水草的每一条根茎就像一条高速公路，通向更深更远处。鱼儿在其中肆意徜徉，像是林间跳跃的小鹿。

湿地内动植物资源丰富，故在这里打造了集科普教育、湿地研究、生态观光等多种功能于一体的动植物科普长廊。

走在科普长廊上可见两旁芦苇摇曳，野鸟、野鸭戏水，耳畔是阵阵柔软的湖风，鼻尖是花木清香。在此亲近太湖山水、体验自然野趣、感受吴地风情再合适不过了。

TIPS

地址：吴中区胥香路与环太湖大道交会处

公园面积：709.93万平方米

门票：10元

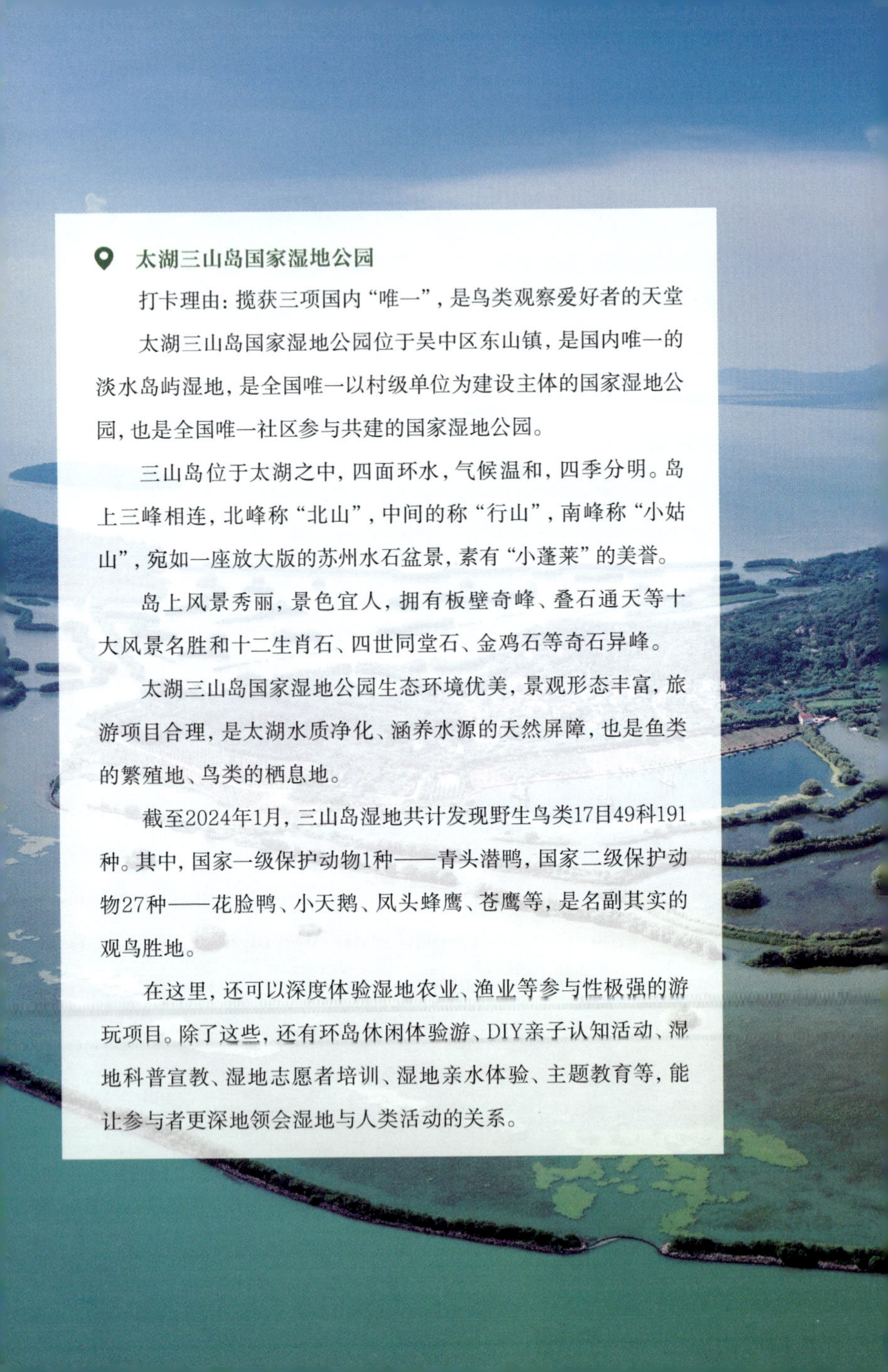

太湖三山岛国家湿地公园

打卡理由：揽获三项国内“唯一”，是鸟类观察爱好者的天堂

太湖三山岛国家湿地公园位于吴中区东山镇，是国内唯一的淡水岛屿湿地，是全国唯一以村级单位为建设主体的国家湿地公园，也是全国唯一社区参与共建的国家湿地公园。

三山岛位于太湖之中，四面环水，气候温和，四季分明。岛上三峰相连，北峰称“北山”，中间的称“行山”，南峰称“小姑山”，宛如一座放大版的苏州水石盆景，素有“小蓬莱”的美誉。

岛上风景秀丽，景色宜人，拥有板壁奇峰、叠石通天等十大风景名胜和十二生肖石、四世同堂石、金鸡石等奇石异峰。

太湖三山岛国家湿地公园生态环境优美，景观形态丰富，旅游项目合理，是太湖水质净化、涵养水源的天然屏障，也是鱼类的繁殖地、鸟类的栖息地。

截至2024年1月，三山岛湿地共计发现野生鸟类17目49科191种。其中，国家一级保护动物1种——青头潜鸭，国家二级保护动物27种——花脸鸭、小天鹅、凤头蜂鹰、苍鹰等，是名副其实的观鸟胜地。

在这里，还可以深度体验湿地农业、渔业等参与性极强的游玩项目。除了这些，还有环岛休闲体验游、DIY亲子认知活动、湿地科普宣教、湿地志愿者培训、湿地亲水体验、主题教育等，能让参与者更深地领会湿地与人类活动的关系。

TIPS

地址：吴中区东山镇三山村

公园面积：756.63万平方米

交通：在东山镇长圻码头乘船上岛（东山长圻码头→三山岛先奇码头）

船票（单程）：成人票20元；儿童票10元（1—1.4米），1米以下儿童免费

消夏湾湿地公园

打卡理由：“消夏渔歌”——西山最大的湖湾

西山古十景之一“消夏渔歌”，湾深九里，口阔三里，三面环山，南临太湖，背倚缥缈峰，是西山最大的湖湾。无论何时来此，定会被这里的静谧和清新所惊艳。

这里是一处天然的避暑胜地，据说当年吴王曾携西施游于此。

行走在2.8千米的栈道上，可凭栏观景：青山如画，碧水照人，飞鸟翩跹，鱼儿自由嬉戏。在这里与大自然亲密接触，能感受到古老的山水正焕发着无尽的生机活力。

沿着消夏江一路向南，万亩良田里金灿灿的油菜花盛放如锦、花香四溢，春的气息充满整个消夏湾。想要在春日广袤的田野上撒欢，这里是首选之地。消夏湾油菜花田位于消夏粮仓，周边的明月湾古村也是春日踏青的好去处。

TIPS

地址：吴中区金庭镇石公村黄家堡

公园面积：15.5万平方米

门票：免费

除了各大湿地公园，口袋公园作为城市中的绿洲，也是很好逛的。它们是钢筋水泥中绽放出的一抹清新。有空就来吴中的口袋公园，在春天里肆意地享受家门口的温暖和悠闲吧。

苏苑花园

打卡理由：居民楼边“最美江南小园林”

于喧嚣嘈杂中觅一处清净之地，于高楼林立中寻一抹江南风情。不得不说，吴中区人民路上的苏苑公园是走出家门就能步入的一座园林式小公园，让人在家门口就能收获美好心情。

蜿蜒曲廊、粉墙黛瓦、小桥流水、亭台楼阁，营造出颇具古典园林韵味的意境。水杉成林，草木葳蕤，花朵飘香，立于桥上，风景即可尽收眼底。

趁着午后慵懒的时光，在亭内倚栏独坐、下棋对弈、闲话家常，或在健身器材上强身健体，尽享园林风光里的休闲时光，真真将江南水乡的闲适与雅趣演绎得淋漓尽致。

地址：吴中区人民路

龙韵公园

打卡理由：城市一角的“治愈系绿色氧吧”

想要置身于绿意盎然之中，想要感受郁郁葱葱的生命力，那就来吴中龙韵公园踏青吧。园内四五条小径通往不同的地方，随意选择一条，步入这“雨水花园”的深处，开启沉

浸式治愈之旅吧。

草木青葱，层叠繁茂，园内还有高大的香樟树，在树下悠闲漫步，令人心旷神怡。树叶沙沙作响，仿佛在欢笑，不妨在这里停下脚步，慢慢欣赏，收集起这一点一滴的美好。

夕阳西下，光芒映照着脸庞，晚霞温柔，风也醉人，放学的孩子们和下班的人们三三两两闲坐于朱色四方小木亭前，将疲惫一扫而空，只余满心的欢喜和温柔。

地址：吴中区龙西路和太湖西路交叉路口（在首开如院小区的南侧）

向阳园

打卡理由：闹市中的“活力儿童游乐园”

寻一处假日里大人和小孩的游玩之地，寻一处充满惬意和暖意的室外之地，那就来吴中向阳园吧。这是一座橙色系休闲公园，在这里大人们可以放松身心，孩子们也可以欢快地游玩。

公园沿河而建，可从白桥左侧进入，各种休闲娱乐设施掩隐在树丛间，各色花卉在阳光下尽情绽放。在这春意盎然的公园里走走、坐坐、闲谈、晒晒太阳，定能感受大自然的生机。

公园里独特的黄色圆形背景墙后有个儿童活动空间，五颜六色的攀爬设施供孩童肆意玩耍。

地址：吴中区花苑东路以南、长石路以东

吃茶去！就在新中式茶馆

春天的吴中如果有香味，那前调一定是碧螺春茶香。新中式茶馆的风近年来也吹到了吴中，让饮茶的腔调格外新潮，“吃茶去”不再是老一辈人的专属。吴中的宝藏茶馆，正在用年轻的方式解读传统茶文化。在茶室里寻一方幽静，置身于充满禅意和温暖的空间，享受春日难得的松弛感。

陋室铭　饮一口生活的诗意

陋室铭茶诗铺，一间黑瓦白墙、处处透露着乡村气息的小屋。简单的装修，从老家具市场直接拉来的桌椅，每天一束村里摘下的鲜花植物，让这间小屋呈现了最质朴的状态。

茶品分罐煮、热泡、冷萃三种，每盏茶还都有自己独特的名字。比如“苔痕上阶绿”其实是八年老白茶，细腻柔和；又比如“日暮苍山远”是带有松烟香桂圆味的烟熏小种；还有冷萃的碧螺春茶，口感细腻醇厚中点缀清甜果香。有时你喝的不只是茶，也是生活的诗意。

店里各式各样的文创小摆件，必打卡拍照的新中式小景致，赋予了喝茶这件事更多惊喜。

地址：吴中区横泾街道林渡暖村

桃花岛茶室　太湖畔的世外桃源

白居易在《山泉煎茶有怀》中写：“坐酌泠泠水，看煎瑟瑟尘。无由持一碗，寄与爱茶人。”在临水而居的桃花岛茶室饮一壶茶，犹如穿越到了古代，可与古人共品情怀与安宁。

茶室位于渔洋山半山大草坪和桃花潭之间，汲取太湖之灵气、渔洋山林之仙气。

在一片静谧安然的氛围中煮上一壶清茶，坐享湖光山色，茶香弥漫，恍惚间仿佛融入了大自然。

地址：吴中区渔洋山景区

雲山　“早C（咖啡）午T（茶）”两不误

雲山在东山启园路街道旁，乍看门口略显局促，走进去却发现别有洞天。里面有一间特别漂亮的中式庭院，喝咖啡之余还可以在户外围炉煮茶。茶寮布置得很有味道，假山闲亭，竹椅矮凳，“早C午T”的生活里还有猫猫狗狗相伴。

城市里车水马龙、行人如织，这里以竹椅、茶香为伴，喝茶闲谈，造就了大隐于市的人间烟火。煮一壶茶，看着栗子在缓慢加热中逐渐爆开，闻着玉米、南瓜、红薯散发的香气，晒晒太阳，在忙碌的生活中享受一份松弛与惬意。

地址：吴中区东山镇启园路29号

挹翠轩茶苑　竹林里的“无事小神仙”

隐匿于旺山竹林深处的挹翠轩茶苑是吴中的网红茶苑，曾多次出现在影视作品中，充满自然的野趣和诗意的氛围，藏着人们向往的慢生活。

“茶香襟袖几多人，惟有竹林岂是闲。”来到挹翠轩茶苑，全木质的茶苑里汇聚了中国六大茶类的各色香茗，顺应着四季、节气，变换推荐适宜的茗茶。

在室外的竹林里喝茶，曲径通幽的竹荫小道，茶亭、石凳，几株花木，一壶清茶，品茶的同时便可赏尽自然景致，做一回“无事小神仙”。

地址：吴中区旺山生态园环秀晓筑内（近旺山村）

TIPS

其他茶馆推荐

南市茶馆

地址：吴中区甪直古镇南市上塘街35号

馨兰居

地址：吴中区甪直古镇香花弄7号

顾野王书院

地址：吴中区光福镇铜观音寺后院

闻梅馆

地址：吴中区光福镇香雪海景区内

孙武书房

地址：吴中区木渎镇穹窿山孙武文化园内

惠和堂

地址：吴中区东山镇陆巷古村

雨花茶室

地址：吴中区东山镇雨花胜境内

绝了！
吴中坐拥超级湖景的咖啡店

山野被春光浇灌，湖边光景如画，在最不能被辜负的季节里，去吴中的这些坐拥超级湖景的咖啡店喝杯咖啡吧！

阿缇伊湖景咖啡：不是“日月湾”去不起，而是“阿缇伊”更有性价比

东山太湖畔的ATE阿缇伊度假村拥有独门小院，集餐饮、民宿、休闲度假于一体。度假村内的咖啡店室内空间很大，用木制吊灯装饰，被鲜花绿意环绕，每一处都透露着文艺优雅的气质，三面落地窗边都有可以安静看湖的位置。

视野开阔的一线湖景咖啡位超级吸睛，湖边不仅可以露营、划桨、健身、荡秋千，还藏着无边泳池，是一处超级出片的“天空之镜”。

坐在橘色的懒人沙发上惬意地晒太阳，享受湖风拂面，看飞鸟在波光粼粼的湖面翱翔盘旋。放空于太湖前，等待整个天空被温暖的橙色浸染，这里是吴中追日落的绝佳位置。

作为东山的特色咖啡店，阿缇伊创造性地融合了当地的时令特产，独家研发出特调咖啡及其他饮品、特色小吃，口味、“颜值”都称得上别出心裁。

橘子蛋糕、杨梅慕斯、杨梅黑森林，绵密的奶油间透出阵阵酸甜果香。枇杷拿铁、乳酪雪梨枇杷冻、香草枇杷乳酪塔、枇杷马蹄果冻……枇杷好像被做成了“吃不起”的样子。还有碧螺茉莉绿茶蛋糕，浓郁的奶香裹挟着清幽的茶香，层次更丰富了。

你吃过蚕豆茭白味的比萨、黑椒汁鳝丝意大利面吗？更令人惊喜的是，就连牛排上的配菜贝贝南瓜、莲藕等鲜蔬都来自东山本土种植，每一次品尝，都伴随着对独特风味的满心期待。

地址：吴中区东山镇陆巷村129号（陆巷古村景区正对面）

LIM 荔沫·湖景餐厅："爆改"之在古堡里喝咖啡

听说吴中太湖边有一座像霍格沃茨城堡的餐厅！也有网友评价“初见这家餐厅就有种来到海角七号的感觉”。当咖啡遇上城堡，将怀旧进行到底。

这家餐厅位于长沙岛凤凰台，是去西山岛的必经之地。斑驳的外墙立面，独特的建筑风格，潮流与质朴、怀旧与休闲、快节奏与慢生活，呈现了一个现代与过去结合的城堡式建筑设计理念的主题空间。

面朝太湖，别致的湖景风貌，湛蓝的天，清澈的水，银链般的太湖大桥，随手一拍，大片直出。

生活不仅有诗和远方，还有美食和朋友。假期来这里，临窗而坐，捧一杯特色咖啡LIM dirty，看日出日落，看云卷云舒，便是慢时光的惬意、大自然的味道。

当古堡空间遇见湖景美学，独树一帜的建筑风格，欢迎“在逃公主”们前来打卡。

地址：吴中区香山街道太湖甲区1号

野隐·松篁：治愈山谷，听风唱歌，感受春日太湖独一份的浪漫

青山里、太湖边，主打咖啡、原茶、甜品、简餐的高颜值网红咖啡馆——野隐·松篁，就藏在风铃溪谷·金铎岭生态园内。

穿过色彩缤纷的风铃走廊，越过潺潺的小溪拾级而上，一面巨大的玫瑰墙赫然出现在眼前，让人不经意间与浪漫撞了个满怀。

咖啡店的门口有一汪清水，加上店主别出心裁的设计，在这山野间也算是一处充满惊喜的遇见。

店里的装修以原木风为主，不算太大的空间里，出镜率最高的摆件是老板亲自制作的桑蚕丝手工花朵，它们总是出现在各个角落。

店内可选的饮品种类丰富，推荐尝试调味咖啡和限定饮品。碧螺春拿铁在老板的调制下，清甜与醇香在味蕾间碰撞，喝起来少了苦涩，多了碧螺春特有的茶香。COMBO咖啡，“一豆三喝”，让人感受同一款咖啡豆三种做法带来的风味。

点上一杯咖啡，坐在开放式露台远眺太湖，或是坐在户外感受肆意生长的春，也是春日里值得期待的事情呢。有一点要夸的是，该店是对宠物友好的商铺，“铲屎官”们可以带着宠物一起来喝咖啡哦。

地址：太湖生态岛风铃溪谷·金铎岭生态园内

青山·黛咖啡：想你的风吹到了冲山岛

青山远黛多妩媚，近水含烟意朦胧。光福冲山村开了一家颇有热度的餐厅——青山·黛。

这家餐厅的整体建筑风格是简约现代风，装修清新自然，环境清幽，非常适合打卡拍照。餐厅坐拥一线湖景，在二楼临窗而坐，则可赏尽远处的湖光山色，非常惬意。

傍晚时分，手捧咖啡，面朝波光粼粼的湖面，不时有鸥鸟掠过，增添了几分乐趣。点一盏灯，听一首歌，幽静浪漫，让人不想离开。

地址：吴中区光福镇冲山村西山巷56-1号

暮刻书坊·全湖景云咖餐厅：不在大理在吴中，美到你心坎里

多少人因为一张太湖上的木栈道照片，一眼被美景击中。从地图上看，暮刻书坊是一个突进太湖的角，独享270度太湖湖景。何必去到大理，太湖边有风的地方一样惬意。

咖啡店前身是一位艺术老师的私人画室，从选址到建成用了4年时间。一砖一瓦，一草一木，一个个复古精巧的摆件，每一本被翻阅的书，都是珍藏。

室内最多的书是诗歌集，最多的画是木刻版画；室外，湖边有棵爬满常春藤的香樟树，充满岁月的痕迹却掩不住盎然的生命力。木栈桥上、樟树下、书架旁、小轩窗前……一处处看似随意实则精巧的设计，如今成了拍照打卡的必选机位。

在这样的空间里喝着咖啡，品着甜品，吹着湖风，翻阅一本书，或者纯粹放空思绪，都是一种极致的消遣。

地址：吴中区光福镇冲山村癞头浮

舶来咖啡：太湖的风吹到了尹山湖

顺着环太湖大道，一路向东，太湖畔的人气网红店——舶来咖啡来到了尹山湖边。

尹山湖店的设计更加简单、粗犷，外立面运用了很多毛石，主打自然、生态。外围环境巧妙融入花镜设计，配以舒适的座椅、雅致的阳伞，再搭配植物，尽显自然、精致。

二楼舒适简洁，是眺望湖景的绝佳位置。玻璃栏杆，简洁现代，让视野通透，加上户外阳伞，烘托出浓浓的度假氛围。坐在靠栏杆的位置上俯瞰尹山湖 湖景，心旷神怡，这一刻，忘记了时间和烦恼。

当然，不必是假期，当你想品尝清晨的第一杯手冲咖啡时，当你在骑行路上想歇歇脚时，当你需要头脑风暴和灵感来源时，当你想驻足记录落日时……舶来，都是可靠的陪伴，这里有关于生活和热爱最具象的模样。

舶来咖啡不仅是以咖啡和创意菜为主的餐饮空间，还衍生出空间拍摄、会务团建、咖啡周边文创等服务。

地址：吴中区郭巷街道湖景花园社区尹山湖配套用房

谁能拒绝吴中这口“糯叽叽”

立春刚过，一种“糯叽叽”的美食在吴中悄然开卖，那就是“糯叽叽”的青团子。作为江南地区的传统特色小吃，青团子外表呈现艾草的青色，馅料丰富，口感绵软，带有清淡悠长的青草香气。在稻作文化深厚、物产富饶的江南吴中，青团子只是众多美食中的冰山一角。一年四季的吴中都有不同的“糯叽叽”美食。总之，糯米在吴中甜咸共存、包裹万物，你总能发现糯米最好吃的时刻，找到它的绝佳搭配。“糯叽叽”脑袋，冲冲冲！

青团子

袁枚《随园食单》记载：“捣青草为汁，和粉作粉团，色如碧玉。”众所周知，青团子的原料之一是艾草叶，而吴中旺山一家店卖的青团子有点不一般。青团子最为常见的制作方法是将嫩艾草叶捣成汁，而吴中旺山的青团子采用的则是生长在当地田野乡间的泥胡菜。

泥胡菜因其叶子背面覆了一层白色茸毛，故又被称为“石灰菜”。其颜色碧绿，根汁丰盈，是用来做青团子的绝佳材料。将泥胡菜打成汁，与糯米粉搅拌制成面团，包上蛋黄、豆沙等馅料，搓揉成团状后垫上裁剪规整的粽叶，上笼蒸10分钟左右，出笼后还需刷上熟油，这样青团子才算制作完毕。

打卡指南：旺山景区旺山浪头人家

白玉方糕

东山镇有家手工制作白玉方糕的老店，曾经多次被中央电视台等媒体报道。白玉方糕的名字源起于店主金洪福的妻子阿玉，夫妻二人数十年如一日制作这一美食，最后做成了网红美食。

刚出炉的白玉方糕洁白如玉，还未入口便清香扑鼻，一口轻咬下去，甜糯的豆沙馅夹杂着一丝糯米的清香，让人回味无穷。

打卡指南：东山镇陆巷村古街解元牌楼下

乌米饭

每年四五月是采摘乌饭树叶，制作乌米饭的最好时节。木渎特产乌米饭以吴珍堂的为佳，曾经被《舌尖上的中国》第二季推荐。

黑紫的糯米饭，表面黝黑光亮，入口香味独特。撒上白糖拌匀之后，一口淡淡的甜糯让人吃了就停不下来。用乌米制成的八宝饭、烧卖、粽子，造型别致，软糯可口，比普通的苏式点心多一阵清香。

打卡指南：木渎镇山塘街55-2号

秋香海棠糕

角直古镇有家专卖海棠糕的网红店，已经开了30多年，人们亲切地叫老板娘“秋香姐”。

海棠糕创制于清代，糕形似海棠花，糯米的清甜包裹着红豆沙的香甜，再烘烤出金黄酥脆的糖壳，最好再加上一点荤油，一口下去，街头的烟火气便带上了甜味。

打卡指南：角直镇中市街40号

松花团子

松花一年只开一季。每年4月，吴中山间的马尾松就争相开花，这时候便是收获松花粉的时节。

不同于青团子或其他苏式团子，松花团子是先蒸粉后包团，松花的清香与糯米的软糯完美融合，满载着春天香甜的味道。

打卡指南：胥口镇、旺山景区钱家坞农家乐、横泾街道老横泾面馆等

旺山特产
桃花松花团子

● 山浪小吃

在东山镇紫金路上有一家叫山浪小吃的糕团店，店虽小，却大有来头。它隶属于鼎鼎大名的东山雕花楼，据说在清朝咸丰年间，一个名叫陈福泰的御厨为了躲避战乱迁徙到了苏州东山，他带来的一些宫廷糕点秘方也随之在本地扎根。

其中较出名的就是猪油糕、枣香雪饺、东山踏脚团、花糕、焯干酿团子等，制作技艺讲究，材精料准，口感香甜软糯，让人唇齿留香。

打卡指南：东山镇204县道顺发副食品北50米

五彩团

光福镇渔港、冲山一带非常有名的糕团美食，以5种颜色、5种馅料呈现，称为“五彩团”。包制团子的多为当地的太湖船娘，故而这种团子又得一美名——“太湖船娘五彩团”。五彩团选用糯米粉，用5种果汁和粉，有萝卜丝、鲜肉、豆沙等5种风味的馅料。

如今为了吸引更多年轻人，还衍生开发出了造型各异的特色糕点，可爱又好吃！

打卡指南：光福镇渔港路白浮山五区130号（渔港超市西北150米）

夏季篇

今天你“薄荷曼波”了吗

什么是“薄荷曼波”？“薄荷”是视觉，“曼波”是情绪，“薄荷曼波”以绿色为主色调，包括薄荷绿、浅绿、青绿、湖水绿等，表达了夏天明媚的生命力以及轻松愉悦的特质。当这股轻盈的绿色动感光波点亮了吴中浅夏，当初夏的吴中穿上“薄荷曼波”，会是怎样的浪漫场景？

漫步吴中山水间

“薄荷曼波”风潮来袭

跟着航拍的视角俯瞰旺山、九龙潭、西施塘、葫芦池，色彩随着乐符谱出夏天的舞曲，展现出“曼波”般轻盈的律动，在山林“绿色氧吧”中深呼吸，涤荡心间所有的烦忧。

在天池花山漫游，“薄荷曼波”的轻盈感扑面而来。山里树木葱郁，浓可蔽日，是夏日里一道清雅的风景线。山间泉水潺潺流淌，青松翠柏，鸟语花香，清幽奇秀，宛若世外桃源。

初夏的元山宕口披上了茂盛的植被，四周被高低起伏的群山环绕，山上还有郁郁葱葱的树林，湖水清澈碧绿，似一块巨大的翡翠镶嵌在山野中。在这里，人们吸入的不是空气中的燥热，而是草木的清香。

夏日里择一隅清幽竹林，让风带走都市的尘嚣与燥热。绿色的穹窿山竹海婆娑摇曳，让整座山显得更加生机勃勃。穿梭在斑驳的竹影间，宛如踏入了现实版的“绿野仙踪”，在这里，山巅的清凉与自由讲述着无拘无束的故事，让人得以享受“薄荷曼波”系的松弛感。

● MARK 夏日流行色　在吴中游园

初夏之际，太湖湖滨国家湿地公园与潮流色“薄荷曼波”适配度拉满。漫步水边，处处都是养眼的绿意，景区内的睡莲盛开，如同走进莫奈花园，为初夏带来一抹神秘、梦幻的色彩。

作为浮于太湖山水间的吴中园林，启园精致秀美而又疏朗大气，此时这里林荫繁茂，爬山虎铺满了墙壁，草坪、翠水……满眼皆是生机勃勃的绿意。

花木扶疏、水亭琴榭，在精巧的严家花园，蓝天与绿叶相连，“薄荷曼波”如同一串音符轻盈地跳跃在这片荷花池上。

在网红天鹅岛露营地，超千米的湖岸草地正编织着属于初夏的梦。用露营的方式解锁“薄荷曼波”，在这里好像所有的烦恼都能被清新的绿意所融化。

感受浪漫人文情调　来吴中“青”凉一下

夏风徐来，乘一只手摇橹船悠然前行，在船儿吱呀声中穿过一座座写满沧桑历史的古桥，换个角度体验甪直古镇轻柔婉约的水乡风情。

夏日里，到吴文化博物馆寻找瓷器上的“青”凉感。青白瓷的釉色青中显白，白中泛青，称“影青”，亦称“隐青”。窑瓷青釉多为青绿色，釉质晶莹润泽，光亮如碧玉。一抹青，沉淀着数千年的东方审美，有着诗意的文化内涵。

又一年，吴中荷花开了

又一年，吴中荷花开了，开口便是与3000年前的风雅合吟。《诗经》中写“山有扶苏，隰有荷华”，意指凡有池沼水洼之处，荷花玉立。凡是荷花盛开的地方，便有诗和远方的交会。

司徒庙

每年有多少人为了这片花海，特地奔赴司徒庙。大片的绿塘荷叶中，点缀着几株粉嫩的藕荷，十分清雅。鱼戏莲叶，趣意盎然。公园里的小桥与亭台交错，或登高赏荷，或湖边静坐，都是一场怡然自得的游园会。

TIPS

地址：吴中区光福镇福湖路香雪村

门票：25元

东崦湖步道公园

东崦湖湖畔景观带上，荷花次第绽放，幽香袭人，未赏荷，先闻香。咦？那朵荷花怎么破了？定睛一看，原来是雨水与荷花交相辉映，美得让人误以为是水滴打破了花瓣。

TIPS

地址：吴中区光福镇邓尉山东、光福古镇区东南

门票：免费

太湖渔港村

太湖渔港村马刀湾，荷花仙气飘飘，相较于其他地方的景色，这里的美景不张扬却独具韵味。有的荷花含苞欲放，有的蓓蕾初绽，还有的拔蕊怒放，千姿百态，各美其美，像在诉说不同的夏日故事。

TIPS

地址：吴中区光福镇下辖村

门票：免费开放

木渎古镇

木渎古镇的各个园子里，微带水汽，夹杂着阵阵荷香。在严家花园，推开一扇窗，远山似黛，近水含烟，荷花的风雅与庭院的古朴完美融合。在虹饮山房、榜眼府第，一池清荷碧连天，在阵阵微风中摇曳生姿，煞是好看。亭轩廊榭桥，散落其间。雨后的古镇宛如一幅徐徐展开的水墨画卷，在那丝丝细雨的晕染下尽显朦胧之美。

TIPS

严家花园、虹饮山房、榜眼府第都在木渎镇山塘街上，相隔不远

门票：严家花园、虹饮山房门票均为40元，榜眼府第免费开放

启园

每逢夏日，可以在启园欣赏到荷花开满塘的盛景。园内，太湖活水孕育出的荷花别有韵味。漫步曲桥上，一步一景，荷花亭亭玉立，分外动人。

TIPS

地址：吴中区东山镇启园路39号

门票：45元

陆巷古村

陆巷古村景区南入口的守溪街尽头有一座守溪桥，附近种满荷花，也是荷花拍摄爱好者必来的取景地。

TIPS

地址：吴中区东山镇莫厘峰环山路

门票：65元

此外，古樟园、水八仙生态文化园、东山滨湖大道、石公山、西山环岛公路、太湖牛仔风情度假村、五龙桥公园等地都宜赏荷。

再来看一点不一样的“荷”

东山雕花楼

夏日里，东山雕花楼常举办荷花展，荷花展上的重头戏是欣赏清幽雅致的盆栽荷花。2024年引进了5个品种，分别是金苹果、秣陵秋色、中国红北京、姑苏佳人、英华，仅听其名，便已能感受其独特的魅力。

地址：吴中区东山镇紫金路58号

官山岭

见过池塘里、盆里的荷花，你见过长在树上的“荷花”吗？每年6月初夏之时，光福木荷悄然开放，铺满山野，如天上繁星，是江南地带罕见的植物景观。作为一种亚热带植物，光福木荷在纬度上突破“北上扎根”的极限，来到温带太湖之滨，可谓自然界的一大奇观。

地址：吴中区香窑路光福景区官山岭

香山味道中餐厅

赏荷后，吃顿荷花主题的饭，那种滋味就更美啦！香山味道中餐厅推出荷花宴，荷花虾仁盅、花雕熟醉六月黄、虾籽蒸白鱼、三虾葱油拌面……以荷入宴，打造“荷花美食+美陈打卡+手工制作”的盛会。游客赏荷、吃饭两不误，可获“吃、喝、玩、乐、游、赏”全方位体验。

地址：吴中区环太湖大道128号

太美悦家书房民宿

太美悦家书房民宿倾心打造荷花佳宴，每道菜都完美融合了荷花的清香、鲜嫩，“荷”你相约夏日之味。

地址：吴中区环太湖大道108号7号楼

约吗？
到吴中的古镇街巷走一走

古镇的小巷总是藏着故事，每一块石板，每一片青瓦，都写满了沧桑的历史。漫步古镇街巷，仿佛穿越了时空。趁着周末或小长假，到吴中的街头走一走，慢下来，沉浸式感受市井气息、风俗人情，共赴一场古今对话，体验一番别样的江南风情。

木渎镇山塘街　苏州的另一条山塘街

木渎古镇，江南唯一的园林古镇，背倚“秀绝冠江南”的灵岩山，古称“渎川”“香溪”，是一个拥有2500多年历史的江南古镇，因春秋时期吴王造灵岩山上的馆娃宫“木塞于渎”而得名。

古镇内有一条山塘街，亦有着2500多年的历史，虽然整条街道不过短短1000米，却比苏州城的“七里山塘”还要古老。

山塘街西枕灵岩山，东连繁华的中市街，街道中间铺上旧花岗岩石板，两边是修复的人字形青砖御道。住宅、商铺鳞次栉比，河畔绿荫绵延、街巷幽深，保留着原汁原味的乡镇老街风貌。

进入熙熙攘攘的集市区，市井生活气息扑面而来。粽子糖、豆腐干、麻饼、海棠糕……各种特色小吃让人停不下嘴。

游山塘老街，缓缓流淌的山塘河不容错过。木渎雅称“香溪”，故山塘河又名“香水溪”“香溪河”。香溪河里的水如同流动的宣纸，桨声橹影是宣纸上游动的墨点和线条。摇橹船儿轻舟逐浪，船娘哼唱着吴音小调，让人在轻波摇曳中品味古镇韵味。

山塘街上古迹名胜众多，严家花园、虹饮山房、古松园、榜眼府第、御码头、明月寺……每一处都值得看一看。

TIPS

地址：吴中区木渎镇山塘街

门票：古镇联票78元（包含严家花园、虹饮山房、古松园景点。榜眼府第/吴中区明德教育馆免费开放）

角直古镇西汇街—东市街街区　“被桥串联起来的老街”

角直古镇与苏州古城同龄，拥有2500多年的悠久历史，有着“神州水乡第一镇”的美誉。角直古镇上名胜古迹繁多，其中角直古桥历来有“七十二座半”的说法，汇集了自宋代以来桥梁建筑工艺之大成。角直古镇被茅以升誉为“中国历史桥梁博物馆”。

角直古镇西汇街—东市街街区是省级旅游休闲街区，主街为西汇街、中市街、南市街、东市街，全长约2400米。旧时，“西张汇”很是繁荣，名列“甫里八景”之一，被称为“西汇晓市”。此刻走过西汇街，街上依然店铺林立，永宁桥、永安桥、香花桥、金鼎桥贯通上、下塘街，历史岁月犹在眼前。

中市街位于角直古镇的中心，在中市河西侧，南北走向。北起中美桥南堍，南至进利桥，街道店铺鳞次栉比，行摊相连。自北向南依次有环玉桥、众安桥、三元桥、进利桥，沿河而建的吴王靠和廊棚150余米，撑起了角直古镇“雨天不湿鞋”的说法。

东市街位于古镇东部，东起正阳桥，西至中美桥，贯通上、下塘街的古石桥自东向西依次是正阳桥、凤阳桥、东美桥、太平桥、广济桥、富昌桥、中美桥。其中，中美桥又名“和丰桥”，与环玉桥一起形成了“三步跨两桥”的独特景观。

街区依水而建，前街后河，拥有各级文保单位15处。保圣寺、沈宅、萧宅、角直名人馆、角直酱园、角直酱品厂等聚集于此，还有西汇饭店、天一禺味馆、西汇酥蹄等众多美食店铺都值得打卡。位于中市街40号的秋香海棠糕一定记得尝尝呀！

另外，古镇绝美夜游不容错过。“锦夜·青靛角直”沉浸式夜游景区构筑凤栖街和漾月街两大互动式国潮情境商业街区，还为游客推出了“沉浸式换装旅拍”和“十二花神锦夜行”系列活动。

TIPS

地址：吴中区甪直镇晚市路21号

门票：古镇联票52元（含保圣寺15元、沈宅8元、萧芳芳演艺馆8元、王韬纪念馆7元、万盛米行7元、水乡农具博物馆7元）

探寻隐藏于吴中的“空调村”

入夏后，只想去山里乘凉，看竹叶潇潇，溯清凉野溪，听鸟语蝉鸣。这些隐藏在吴中的“空调村”，因其独特的地理环境，没有城市里的滚滚热浪，只有大自然的惬意凉爽，恍若世外桃源，避暑、赏景、放“青”松，一秒get（得到）20℃的清凉夏天，值得打卡！

茅蓬坞　比山外低 4℃左右

茅蓬坞自然保护区深居穹窿山腹地，树木葱郁，绿荫蔽日，远离尘嚣，气温要比山外低4℃左右，走进茅蓬坞就像进了空调房。

茅蓬坞也是一座天然的植物博物馆，空气经过每一片绿叶的过滤而越发清新，带着丝丝令人舒爽的凉意拂上面颊。其中有片已知纬度最高的野生紫楠林，在茅蓬坞底最深处还有朱买臣读书台、孙武苑等打卡地。

穹窿山内的孙武居民宿如同一位隐士，淡然自若，隐于青山绿水间，周边劲竹苍翠，泉水叮咚，野趣盎然。

沉醉于蓝天、白云、碧水、绿林，呼吸间都是大自然的芬芳。周末，在静谧的山野之间，共度一段山谷假期吧。

TIPS

穹窿山风景区

地址：吴中区藏书镇兵圣路

门票：80元

交通：公交64路、506路、667路可达

孙武居民宿

地址：吴中区穹窿山风景区孙武文化园内松海路528号

旺山村　竹海秘境

旺山村三面环山，山温水软，人杰地灵。旺山竹海，郁郁葱葱，青翠繁茂，漫山成林。

去竹林里走一趟，听风吹后留下的沙沙声，好像就能拂去心上的烦躁。竹荫小道曲径通幽，闲坐在茶亭，喝杯清茶，做一回夏日里的“无事小神仙”。

除了漫游竹林，旺山还有这些消夏方式——在九龙潭看山间野溪，到叆叇岭欣赏苍竹叠泉，去钱家坞品尝地道农家菜，到洛嘉部落畅快玩乐。

或者去有风的小院子里，吃顿江南风情浓郁的苏式下午茶，将薄荷味的初夏一饮而下。

TIPS

旺山景区

地址：吴中区越溪街道旺山村

门票：免费

交通：公交62路、552路可达

黄墅村　湖畔“绿野仙踪”

周末想和大自然接触，想放松自己，建议到黄墅村的呼吸森林深呼吸一下。

这里树木茂盛，气候宜人，空气清新，弥漫着原始树林独有的生态韵味。漫步在林中的木栈道上，幸运的话还能偶遇小松鼠。

乘坐村里的小火车穿梭于乡间小路，汽笛声声，感受乡村的宁静与闲适。更棒的是躺在网床上，感受夏风拂面和被大自然包裹的惬意。

这里配有各种游乐设施，如秋千、吊桥、滑梯、卡丁车等。在这里还可以喝咖啡、露营烧烤……简直是能畅玩一整天的人间仙境。

TIPS

呼吸森林

地址：吴中区临湖镇环太湖大道与腾飞路交叉口黄墅村西村口

林屋洞　常年恒温 20℃左右

林屋洞号称“天下第九洞天”，洞外骄阳似火，洞内清凉温润，常年保持20℃左右的恒温，自然系空调，非常适合避暑。

洞内广如大厦，立石成林，顶平如屋，故称“林屋”，有雨洞、隔凡洞、天后别宫洞等景观。洞中有洞，洞洞相连，既幽且深，十分梦幻。

经改造升级后此地科技感“爆棚”，独特的喀斯特地貌，在五彩斑斓的灯光的照射下更显神秘莫测。

等到吴中杨梅季，“林屋洞→古樟园→西山岛开心农场→金满庭农业园”这条杨梅采摘亲子自驾打卡线路安排起来！

TIPS

林屋洞

地址：吴中区金庭镇林屋路

古樟园

地址：吴中区金庭镇西山风景区（近堡村环山公路）

西山岛开心农场

地址：吴中区大桥路8号

金满庭农业园

地址：吴中区金庭镇谢姑山路

拿捏大片！一起去追『橘子海』

夏天在吴中，最浪漫的事莫过于为日落奔跑。天边“烧”起漫天云霞，太湖摇曳着金光，岸边人影浮动，微风扬起发丝，大片氛围感一秒获得。天气转晴，随时出发，去追“橘子海”吧。这份吴中最美日落收集指南请收好！

明月湾古码头　抬眼就能撞进霞光里

西山岛明月湾古村的古码头视野开阔无遮挡，早早地站满了等候夕阳的人们。等到日落时分，码头上传来一阵阵惊叹声，一颗"咸蛋黄"缓缓降落，天空被染成了红色、紫色和粉色，偶尔还能看到极为绚丽的火烧云。

58米长的古码头斜向伸入湖中，建成至今已有千年历史，从石缝中钻出的两棵榆树，成为湖边一道独特的风景。

琴山石堤　拿捏得恰到好处之美

琴山石堤位于西山堂里古村附近的静山夕阳观景处，从东村古村出发，沿着西洞庭山路开车约5千米即可到达。

长长的石堤上，矗立着一座红白相间的纤瘦的灯塔，映衬着湖水与远山，把湖光山色中的广袤拿捏得恰到好处。

太湖渔港村　夕阳下，孤独又浪漫

周末来太湖边散步，落日熔金，暮云合璧，即使太阳落下主场，也不妨碍它在最后一刻光芒万丈。

最出片的是与红白相间的灯塔的合影，这座灯塔被称为"太湖孤独灯塔"。岸边的长椅和远处的景色，像极了电影中的浪漫场景。

渔港像是海上骑士的归宿，"半江瑟瑟半江红"的壮美仿佛千百年来都未曾改写，渔港的落日把天空和湖水一并渲染成橘色。

迎宾楼

下崦湖　有日落，也有远山、渔船、飞鸟

下崦湖是光福山水精华的荟萃之处。

夕阳西下时，晚霞映入下崦湖，天空和湖泊的颜色由黄转红再转粉，湖水随风荡漾如濯锦，美得如梦似幻，让人久久凝望。

远处的青山，湖中的渔船，齐飞的水鸟，还有那一颗渐渐淡去的“咸蛋黄”，足以让人在记忆里珍藏多年。

漫山岛　有一些等待，很值得

在漫山岛，你可以去鸟类图书馆了解一群未知生物，也可以在猫咖与“猫主子”共度悠闲午后，或者约上三五好友在庭院里喝下午茶。

但不论如何，你们的最后一个行程肯定是在岛上等待一场日落。

看着夕阳西下，发呆后的你会发现，至少这一刻，烦恼都融化在水天一色的湖光里了。

米堆山　拐弯间，惊喜掉落

除了湖边、码头，山坡、山顶也是日落的绝佳观赏点。米堆山森林步道全长6.2千米，集休闲、观光、康养、运动于一体，是徒步爱好者欣赏森林风貌、寻觅夏日野趣的好去处。

日落时分，霞光漫天，米堆山也别有韵味。看半边山看半边湖，远眺是漫山岛，可能下一个坡的转角就是绝美的太湖日落。

阿缇伊度假村　全是落日观赏点

阿缇伊度假村因与太湖“零距离”，成了东山特有的存在。四周被棕榈树等植物围绕，偶有飞鸟滑翔向湖面，自然氛围浓郁。

越靠近湖边，视野越开阔。正值落日时分，天际层层晕染，把人的身影勾勒出漂亮的轮廓。以天空为幕，正演绎一场绚丽的电影，每一个路过的人都成了主角。就连不远处的网红灯塔，也被赋予了浓浓的故事感。

外婆桥　避开人挤人，邂逅不经意的浪漫

如果想在东山看一场绝美日落，可别只知道岱心湾、丰圻大桥、御码头等网红打卡点了，人少景美的外婆桥，那里的日落绝对不会让人失望。

一个用石条堆砌而成的小码头向湖心延伸，最前端矗立着两头石狮。暮色渐浓，热烈的晚霞将太湖染成橘红色，编织了一场不经意的浪漫。

宝带桥　遇见诗词里的大运河

宝带桥全长316.8米，53孔连缀，是目前国内桥身最长、孔数最多的古代连拱石桥，被誉为“苏州第一桥”。

傍晚，来到宝带桥看落日缓缓地躲进东吴塔的身后，霞光漫天时分，大运河景色磅礴又充满诗意。

酷暑食欲不振？
来吴中吃这些清凉美食

四方食事，不过一碗人间烟火。吴中大街小巷中私藏的夏日清凉美食，样样都让人垂涎欲滴，你最爱哪一款？

● 乌米绿豆汤　吴中的夏天快乐水

绿豆、糯米、蜜枣、芸豆、葡萄干、冬瓜糖、红绿丝……最后浇上清清凉凉的薄荷水，搅拌之后一起喝，冰爽沁甜（会吃的人会用一份料配两份薄荷水），这就是“震惊”北方人的苏式绿豆汤！

孙武书院出品的绿豆汤则更与众不同一些，创造性地选用吴中地产乌米。由新鲜乌树叶捣出的汁水浸泡糯米所得的乌米，吃起来口感Q弹，更有嚼劲。

TIPS

穹窿山孙武书院餐厅

地址：吴中区穹窿山风景管理区金鸡山路2号

● 凉拌馄饨　拯救酷暑里的没胃口

北方人对饺子割舍不掉，南方人则偏爱馄饨，大馄饨、小馄饨、泡泡馄饨……而专属夏天的吃法便是——凉拌馄饨。

香山馄饨店里主卖白菜肉馅和韭菜馅的馄饨，馅料新鲜饱满，现买现包，现煮现吃。

馄饨煮好以后自然凉透，每张桌上都放有酱油、醋、香油、辣椒等灵魂酱料，供顾客自助调味。馄饨咬一口鲜美无比，在夏天也可以凉爽地大口吃肉啦！

TIPS

香山馄饨店

地址：吴中区香山街道校场路香山花园商铺用房16-3104号

● 风扇凉面　风扇是留给凉面的

将面条细细挑散，上笼蒸至六分熟再下锅煮熟，“二滚”就要捞起来，用凉开水浇凉后沥干水分。

最后的工序便是用风扇扇凉面条，撒上各色配菜，倒入秘制酱料，细细拌匀，便香飘四座。来上一碗凉面，清爽解腻，专治夏日里的食欲不佳。老横泾面馆在夏日上新风扇凉面，去吃吃看吧。

TIPS

老横泾面馆

地址：吴中区横泾街道中兴路新思家园三期

● 花雕熟醉虾　一口沁爽，有点微醺

谁能在夏天拒绝熟醉版“太湖一号”大虾？10年以上的花雕酒加上几十种香料调成的醉卤汁，独家秘方，奇香弥漫。

卤汁熬成后，取其汤汁，在1℃的冷库里冷却。将煮熟、冷却后的“太湖一号”大虾投入卤汁中腌制8小时以上，才算完工。

腌制完成后的熟醉大虾色泽已变成明显的暗红色，虾壳油光锃亮，虾肉饱满，简直太诱人了！虾肉紧致鲜甜，吃一口秒回江南。

熟醉虾制作过程中不添加防腐剂、保鲜剂，拆箱后应第一时间冷藏保存并于5天内食用完毕。

TIPS

苏州市郡山茗水生态农业发展公司

地址：吴中区东山镇碧螺景区

● 郁舍卤菜　懒人的夏日福音

卖熟食的卤菜店是不想做饭的懒人的夏日福音，郁舍卤菜店过于简单的门头、一眼望到底的狭小店面真的太容易叫人错过了。

不锈钢托盘里堆放着盐水牛肉、咸水鸭、酱鸭、糟卤鸡爪、炒素三鲜、卤水豆腐干，菜品丰富、价格亲民。

虽叫卤菜店，但店里人气最高的是炸大排和炸翅根，这两种美食没有裹厚厚的面包糠和面粉，外皮薄而脆，肉质厚实，嫩嫩的猪肉还带一丝甜味。

来店里的顾客基本都是老苏州，店里回头客很多。店内明码标价，购买时可以自己挑选，自助下单。

TIPS

郁舍卤菜店

地址：吴中区香山街道教场路邻里购物中心南行10米

吃一口“吴中地标”，瞬间凉快

谁能想到夏天才开始，文创雪糕界已经“卷”到了家门口。当吴中各景区的地标建筑一下子变成甜津津、凉丝丝的雪糕，谁能拒绝这样高颜值的消暑佳品？文创雪糕变成了舌尖上的风景，用这样的方式打卡最美吴中，很甜蜜，很轻盈。

● "最网红"的地标建筑　是时候更新合照了

太湖湖滨国家湿地公园是个很出片的打卡点。如今，以湖滨湿地的标志性建筑——水风车为原型的文创雪糕，让你和网红水风车的合照又多了一个选择。文创雪糕有两种口味，草莓味的粉粉嫩嫩，哈密瓜味的甜蜜可人。

初夏向太湖出发，与自然为邻，以蝉鸣鸟叫为伴，沿木栈道感受自然的奇妙。别忘了边吃边研究迷你版水风车和实景的相似度，为旅途增加一点新乐趣。

TIPS

太湖湖滨国家湿地公园水风车文创雪糕

售价：15元/支

购买地点：太湖湖滨国家湿地公园、太湖新天地生态休闲公园、渔洋山景区内商店

● “最巍峨”的阁楼　也能被捧在手心

渔洋山三面临湖，形如鳌首，是吴越文化的发源地，已有2500多年的历史。登上巍然屹立在山顶的“江南第一阁”渔洋阁，便能将浩渺的太湖尽收眼底。难怪“太湖一览”四字的精髓也被原封不动地搬上了雪糕。

雪糕外观精美，阁楼的飞檐、瓦片都清晰可见，深受细节追求者的喜爱。香草口味和巧克力口味的雪糕的两种颜色，正好分别与渔洋阁的白天和夜晚对应。

值得一提的是，渔洋山是苏州为数不多的有索道的山。索道全长550米，喜欢挑战刺激的小伙伴可以选择从观景台旁的索道入口坐缆车下山。（缆车单程票价30元，双程票价50元。）

TIPS

渔洋山景区渔洋阁文创雪糕

售价：15元/支

购买地点：太湖湖滨国家湿地公园、太湖新天地生态休闲公园、渔洋山景区内商店

● “最浪漫”的花卉雪糕　在夏天一人独美

香雪海是中国四大赏梅胜地之一，赏梅历史悠久、梅文化底蕴深厚，康熙、乾隆皇帝都曾到此探梅赏胜。林屋梅海位于“天下第九洞天”林屋洞，林屋洞内温度常年保持在20℃左右，像一个自然的空调，是避暑胜地。如今香雪海和林屋洞都推出了以梅花为原型的文创雪糕。

梅花文创雪糕，简直太惹人爱了！

雪糕上的花蕊清晰可见，一口咬下去，似乎就能品出白梅、墨梅、玉蝶、雪见车等不同种类梅花的香味。

TIPS

香雪海梅花文创雪糕
售价：15元/支
购买地点：香雪海茶室、司徒庙茶室、铜观音寺茶室等

林屋洞梅花文创雪糕
售价：15元/支
购买地点：西山景区游客中心、林屋洞、石公山3处好风光店

● “最萌萌哒”的瑞兽雪糕　再看就把你吃掉

湖畔瑞兽出没，可别妄想捕捉，但是你能把它一口吃掉！这是风铃溪谷·金铎岭出的首个文创雪糕，造型来自以太湖瑞兽为原型的卡通IP“白泽”，寓意为纳福辟邪。

雪糕有草莓、白桃两种口味，这大概是吴中最萌的文创雪糕了，游客可以拿上它和景区里的巨型白泽合影。比起直接在朋友圈发定位，发一张这样的合影显得低调又含蓄。

《山海经》照进现实，原来“神兽”吃起来是甜甜的味道啊。还可以顺便逛逛以白泽为主题IP的饮品店——“喝水万能商店”，来一杯清爽饮品。

TIPS

风铃溪谷·金铎岭白泽文创雪糕

售价：15元/支

购买地点：风铃溪谷·金铎岭景区内（吴中区金庭镇缥缈峰公路60号）

● “最神还原”的门楼雪糕 一起变小，穿越百年

拥有百余年历史的雕花楼汲取江南园林之精华，以金雕、石雕、砖雕、木雕为主，精美绝伦，且“无处不雕，无处不刻”，享有“江南第一楼”之誉，是香山帮传统建筑营造技艺的经典传世佳作。

雪糕对雕花楼砖雕门楼的每个细节都是神还原，不仅造型精美，更自带一份雍容华贵之气。

手持同款文创雪糕在雕花楼的“镇楼之宝”前拍照打卡，一口吃下“福禄寿喜”，既降温解暑，又好玩有趣。

TIPS

东山雕花楼砖雕门楼文创雪糕

售价：25元/支

购买点：东山雕花楼景区内春茗馆（吴中区东山镇紫金路58号）

吴中的“夜宵江湖”

夏日，晚风吹过都带着人间百味，烟火气升腾的夜晚，在吴中吃一顿舒心的夜宵是口腹的满足，更是心灵的慰藉。

吴中这条街，10 个胃都装不下

龙西路，吴中最有名的“夜宵一条街”，北起龙西路邱家桥，南至龙西路宝带路，全长1.1千米，集结了近100家餐饮小吃店。

除了小龙虾、烤串、冒菜，还有金寨老鹅、衢州鸭头、重庆小面、北京烤鸭、兰州拉面、新疆烤肉……花样不少，浓浓的烟火气满街飘香，夏日里的宵夜氛围“顶呱呱”。不用走出苏州，一条街吃遍天南海北的美食。

“种草”了好久的小馆子

吴中有许多方寸小馆，看似貌不惊人，却也暗藏着不少深夜美食。

“店很小，得早点去，不然要排队。”主打平价苏帮菜的南巷饭店人气火爆！必点菜有椒盐排条、咸肉菜饭、糖醋排骨、双菇面筋，都是本帮家常菜的味道。

渔夫子等一众川菜馆在街巷间“野蛮生长”，无辣不欢的人有福了！推荐菜品有蒜泥白肉、火爆腰花、鲜椒黑鱼片。深夜，几道川菜下肚，顿时感觉“通感”被打开，再忙的日子也有滋有味。

作为苏州为数不多营业到晚上11点的面馆，太湖面馆十八浇推荐给想来碗“夜面”的小伙伴。太湖虾仁、洋葱鳝丝、青椒肚丝、青椒牛肉丝、红烧小肠、雪菜毛豆……可选浇头远不止18种，让人眼花缭乱。一口面，一口汤，一口浇头，吃完就不会做“饿”梦啦！

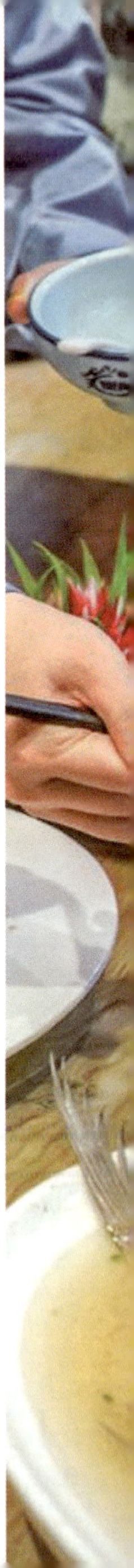

TIPS

南巷饭店

地址：吴中区月苑街98号

营业时间：17:00—23:00

渔夫子川菜馆

地址：吴中区月苑街82号

营业时间：10:00—22:00

太湖面馆十八浇

地址：吴中区光福镇渔港路与湖中路交会处东行150米路南

营业时间：8:30—23:00

● **看球好 city（流行语，形容时髦），“点燃”吴中夜**

太湖畔坐落着一座三层的Football小酒馆，以足球为主题，主打一个“早C（咖啡）晚B（啤酒）”。白天喝咖啡、尝甜品，在后花园“躺平”舒适又惬意，晚上看球时来顿啤酒加烧烤，空闲之余再来一局免费台球，结交球友，享受激情四射的夏日盛事。

TIPS

Football小酒馆（太湖店）

地址：吴中区孙武路3003号22栋

营业时间：周一、周二9:00—19:00，周三至周日9:00—次日1:00

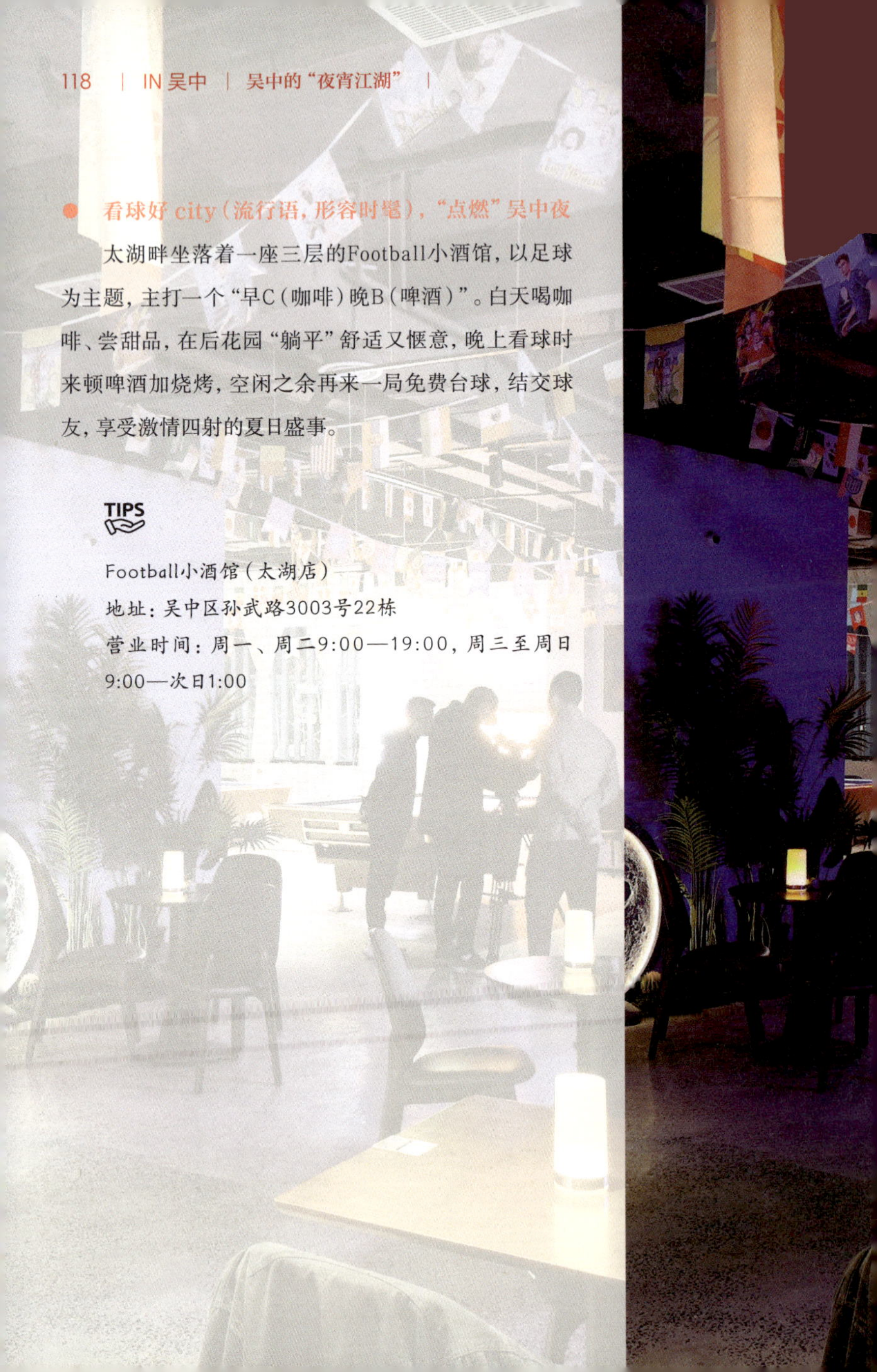

Los Blancos
OPEN

林 渡

秋季篇

秋高气爽，
去爬吴中这些山

不入山林，怎知秋色如许？登山、徒步是这个季节最舒服的户外活动。踏上山林小道，听听山间的风，登上山顶看看日出日落，感受独属吴中秋日的美好。

这份“吴中秋日登高计划”，一整个秋天都适用。在这妙不可言的秋天，一起来吴中登高望远，换种心情，放空心境吧。

灵岩山·奇石

海拔182米，位于木渎镇西北，“人文与自然相辅相成”，以奇石秀绝冠江南。

“山不在高，有仙则名。”苏州的几座山都不高，却各有名气，灵岩山便是其中较为出名的一座，作为苏州徒步线路——灵白线的起点，也是周末户外登山徒步的热门地。

灵岩山因灵岩塔前有一块奇石神似灵芝而得名。山腰间则有一巨石，形似乌龟，昂首面向太湖，故有“乌龟望太湖”之说。石背镌有“望佛来”三字，石上有脚印，传说西施常站在此石上眺望故乡。除了石龟，灵岩山上的奇石还有很多，灵芝石、石马、石鼓、醉僧石、望月台、牛眠石、楼头石、佛日岩、石幢，至今仍能历数种种，有“十八奇石”之说。

灵岩山是免费向游客开放的，就连山上的灵岩山寺也只是象征性地收取1元门票，门票价格20多年来一直没有变化，据说只是为了统计人数才收费的。

沿着灵岩山的山径一路不停歇，大概30分钟就能登顶，来爬山的你，记得尝一尝灵岩山寺的素面，“禄、财、福、寿、禧”5种不同的素面，每一碗都有好寓意。一碗面下肚，微微出一身汗，好适意。

TIPS

门票：爬山不需要门票，灵岩山寺门票1元

公交：668路、5012路、691路、64路

地铁：5号线直达灵岩山地铁站，2号东北口出站

停车：景区西门有专属停车场

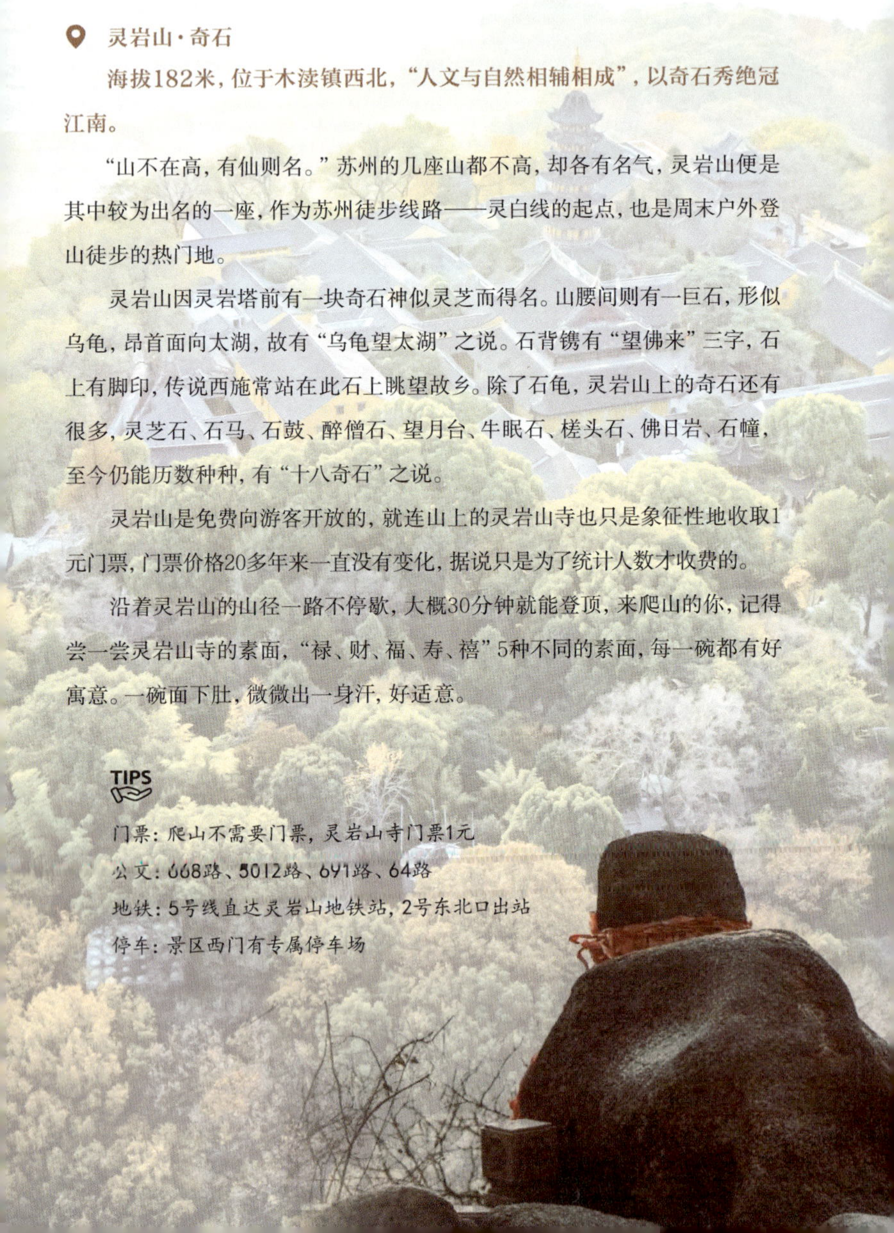

穹窿山·“吴中之巅”

位于吴中区西北部，集政治、军事、宗教、文化于一山。

穹窿山，地处姑苏西部，为苏州第一名山，主峰箬帽峰，海拔341.7米，素有“吴中之巅”之称。此山气势雄伟，地域宽阔，苍松翠竹，山色秀美，如入仙境，历史悠长，是《孙子兵法》的诞生地，也是乾隆皇帝六次祈福地。

山中御道是1.5米宽的砚华石铺成的小道，也就是乾隆御道。穹窿山御道和苏州其他的御道不同。一般的御道是为皇帝专设，路面常用青砖竖砌成“人”字形花纹，寓意为过路者是“万人之上”的君主。但穹窿山上的御道是先前就用山石铺成的，因为当年乾隆皇帝六次来穹窿山，每次都是走这条道上山，故称“御道”，因而这里的御道更多是带有纪念性质了。

宁邦寺位于穹窿山景区的北面，历史悠久。据史料记载，始建于梁代，当时称“海云禅院”，重建于南宋绍兴十二年（1142）。当时抗金名将岳飞被秦桧谋害后，抗金名将韩世忠看破朝廷的腐败，隐居在苏州的沧浪亭，他的六位部将也随之在此剃发修行，出家隐居。他们虽然离开了朝廷，但还是心系国家，于是把“海云禅院”改名为“宁邦寺”，“宁邦”就是希望国家和平安宁的意思。

坐落在三茅峰的上真观，面向苏州古城，背靠小王山，东邻佛教名山灵岩山，南与香山桃花岭、白马岭、大苑岭、小苑岭等诸胜同脉毗邻，峰峦连绵起伏，犹如游龙翻腾之状，气势磅礴。

望湖园是穹窿山的山顶花园，占地4万平方米。据专家考证，乾隆皇帝曾六下江南，六次都来过穹窿山，并且每次都会到上真观祈福，然后到山顶眺望太湖，领略风景，故此处得名“望湖园”。

TIPS

门票：80元

公交：64路、667路

停车：景区有专属停车场，停车位充足

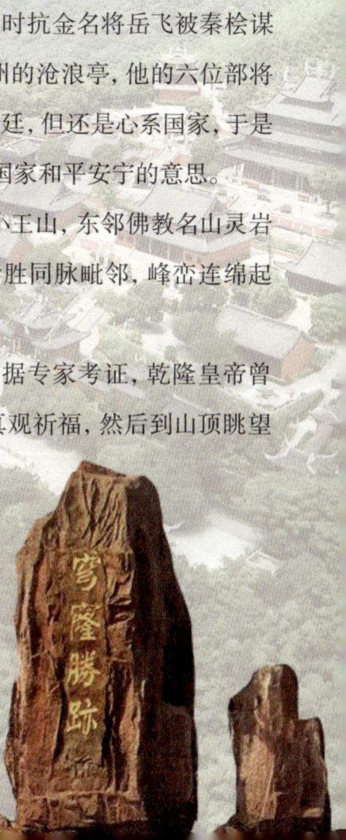

渔洋山·“太湖第一美景”

占地约133.33万平方米，位于苏州太湖国家旅游度假区中心区，“太湖第一美景”，观赏太湖绝佳处。

常言道：“不登渔洋山，不算到江南。”渔洋山山势延绵，三面临湖，形如鳌首。沈周题诗“长虹引南北，横截太湖流。步月金鳌背，啸歌天地秋”，以此来描绘渔洋山的外形，好似金鳌在太湖中遨游。

渔洋山被称为“太湖第一美景”，拾级而上，太湖美景若隐若现，太湖大桥横贯其中，远处帆影绰绰，在太湖群岛之间，别有一番风情。

登上渔洋山山顶，渔洋阁巍然屹立，气势恢宏，有着“江南第一阁”的美誉。整体的建筑外形看似金鳌背着宝塔，意为“独占鳌头”。渔洋阁共分为五层，以鳌文化、诗画太湖、渔洋溯踪、玉钟祈福等为主题。站在山顶眺望，入眼是一幅风景秀美、充满人文气息的太湖画卷。望太湖风景旖旎，览湖光之胜，品人文之美，岂不快哉？

趁着天气正好，快来渔洋山品味江南。

TIPS

门票：80元（不包含缆车票）

公交：691路、快线11号、地铁5号线旅游定制巴士、586支线

地铁：非直达，但可以先坐地铁5号线抵达终点站太湖香山站，再乘坐地铁5号线旅游定制巴士

停车：景区有专属停车场，停车位充足

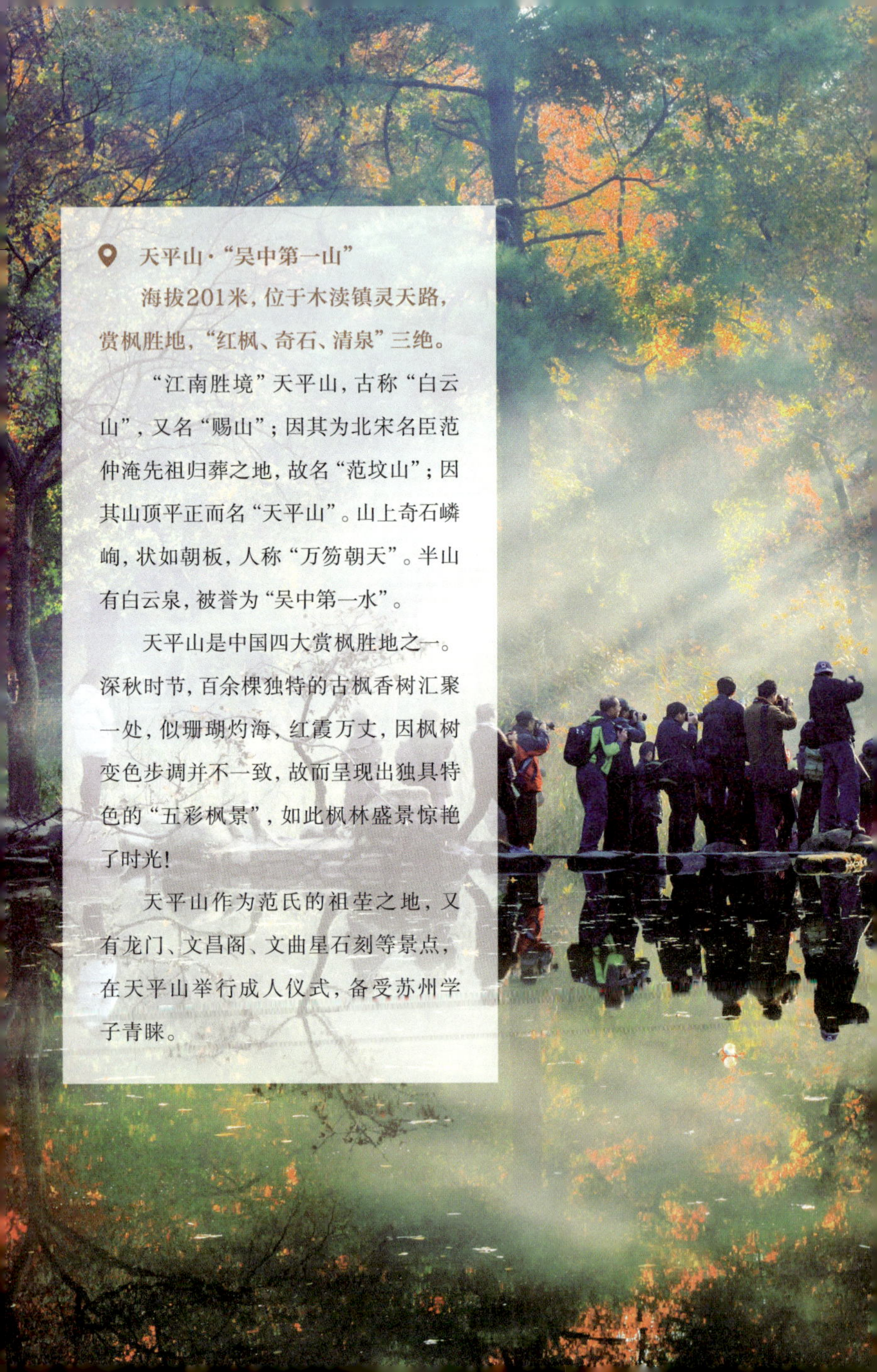

天平山·“吴中第一山”

海拔201米，位于木渎镇灵天路，赏枫胜地，“红枫、奇石、清泉”三绝。

“江南胜境”天平山，古称“白云山”，又名“赐山”；因其为北宋名臣范仲淹先祖归葬之地，故名“范坟山”；因其山顶平正而名“天平山”。山上奇石嶙峋，状如朝板，人称“万笏朝天”。半山有白云泉，被誉为“吴中第一水”。

天平山是中国四大赏枫胜地之一。深秋时节，百余棵独特的古枫香树汇聚一处，似珊瑚灼海，红霞万丈，因枫树变色步调并不一致，故而呈现出独具特色的“五彩枫景”，如此枫林盛景惊艳了时光！

天平山作为范氏的祖茔之地，又有龙门、文昌阁、文曲星石刻等景点，在天平山举行成人仪式，备受苏州学子青睐。

TIPS

门票：30元

公交：664路、4路

开放时间：8:00—17:00，16:30停止入场
（具体以景区当日实际公示信息为准）

停车：景区有专属停车场

最佳观枫地点：望枫台、古枫林、十景塘、白云池、桃花涧、白云古刹

最佳观枫时间：11月中旬前后

天池山·“桃源仙境”

海拔171米，位于木渎镇藏书天池村，“江南小黄山”，登顶莲花峰可远眺苏州城。

“姑苏名山无多少，唯有天池形势好”，位于木渎镇西北的天池山与天平山、灵岩山一脉相连，和花山实际上是相连的同一座山。天池山以“林木之幽、岩石之奇、名泉之众、人文之深”而著称，享有“奇秀清幽，仙境天池”的美誉。

天池位于寂鉴寺二山门前，池水由钵盂泉、地雷泉、盈盈泉等众泉汇集而成，金波泛盈，蓝天白云倒映于碧水之间，池边镌刻有“天池”“水底云烟”题字，倒映水中，别有意趣。

寂鉴寺始建于元代，分为东石屋、西石屋和西天寺，旧称“寂鉴禅庵”，在天池山坞，背靠莲花峰，面向天池。石殿面阔三间，进深三间，除供人出入的槅扇门外，其余构件都以石斫成。2006年5月25日，寂鉴寺石殿、佛龛及造像被公布为第六批全国重点文物保护单位。

天池山主峰莲花峰巍然兀立，峰顶的巨石呈莲花盛开状，亦称“莲花驾云”。站在山顶可远眺苏州城，领略苏州2500多年的历史底蕴和城市气质，颇有一番趣味。另外，如果购买天池山和花山的景区联票，从天池山顶可直达花山景区内。

TIPS

门票：60元（休闲年卡用户可免费游玩）

公交：312路

开放时间：8:00—16:30，16:00停止入场

（具体以景区当日实际公示信息为准）

停车：景区有专属停车场

缥缈峰·“太湖第一峰”

海拔336米，位于金庭镇缥缈路，“吴中泰山”，似可漫步云端俯瞰万顷太湖。

缥缈峰位于太湖生态岛，是太湖山水的精华所在，为太湖七十二峰之首。因常隐于云雾之中，似仙山隔云海，如霞岭玉带连，犹如传说中的缥缈仙境而得名。有“缥缈晴峦”景观，为西山八大胜景之一。

摘星路的长廊上，从缥缈峰半山腰到峰顶一共有666级步行台阶，称为“登顶长廊”。每到4月，登顶长廊中，紫藤萝弯弯的芽叶与一枝枝粉紫色的花朵相映相衬，美不胜收。

登上缥缈峰可以看见一座瞭望塔。相传吴王夫差和西施当年在西山游玩，经常登上缥缈峰观赏太湖美景，夫差在缥缈峰顶建造瞭望塔，名为“望月阁”。在峰顶的瞭望塔上极目远眺，三万六千顷湖光山色尽收眼底，仿佛漫步云端，遨游天际，“一览众山小”的豪情油然而生。

TIPS

门票：80元（休闲年卡用户可免费游玩）

公交：697路

开放时间：8:00—16:30，15:30停止入场

（具体以景区当日实际公示信息为准）

停车：景区有专属停车场

旺山·九龙潭红枫　不可错过的小众机位

海拔258.6米，位于苏州古城西南郊越溪，地处七子山南麓，自然景观和人文景观俱佳，山水风光与田园风光皆美。

以为天平山红枫已经很惊艳了，直到来到这里！某社交平台上的“爆款”——旺山九龙潭西施塘，有一大片红枫林，在这个秋天悄悄惊艳了所有人。

红透的枫叶一直延伸到水中，闪闪发光，树枝甚至簇拥成爱心的形状，将石桥、凉亭框入其中，简直美到令人窒息！相比天平山的人潮涌动，这里安静如画，甚至能听到林间鸟鸣。除了枫叶，路旁的银杏也已变成金黄，赏完美景还可以去周边宝华寺、遇见卢浮宫徒步一圈。

TIPS

门票：免费

最佳观枫地点：旺山九龙潭景区雨竹轩咖啡屋

停车：周边有停车场

这么香的吴中：吴中赏桂图鉴来哉

“何须浅碧深红色，自是花中第一流。”当我们捕捉到了桂花的香气，朋友圈每一句分享的文字都像是秋日宣言。在本地，桂花通常在9—10月份飘香。吴中桂花哪里赏？如何赏？请查收这份吴中赏桂图鉴，提前规划好行程，带上家人、朋友，来吴中沾沾“桂”气吧。

光福

光福镇是中国五大桂花产地之一，是闻名遐迩的“桂花之乡”，其中又以窑上村最为出名。此外，香雪海、司徒庙、铜观音寺也都能看到桂花的身影。

东山

紫金庵内正殿前有两棵粗壮高大的老桂树，树龄已有600多年。东山雕花楼景区有金桂、银桂、丹桂，盛花期时满园馨香。

木渎

木渎古镇遍植桂树，最佳赏桂地位于严家花园“闻木樨香”附近和榜眼府第后花园。白象湾景区内，适合一边闻桂花香，一边品茶观山水。

金庭

每到秋季，西山岛大街小巷都会弥漫着一股“桂”气。石公山、包山禅寺内也有桂花树，不需要多么刻意地捕捉芳香，桂花的香气会主动拥你入怀。

甪直

保圣寺内的桂花盛开时，给人带来视觉和嗅觉的双重惊喜。在江南文化园、萧宅、王韬纪念馆、万盛米行，桂花也会缤纷“上线”。

旺山

九龙潭、叆叇岭、西施塘等景点均能看到桂花。桂花树成片栽植，大片的绿色中点缀着一抹抹黄色，绿的醉人，黄的暖人。

TIPS

桂花花期很短，所以人们绞尽脑汁想要留住这味清甜。

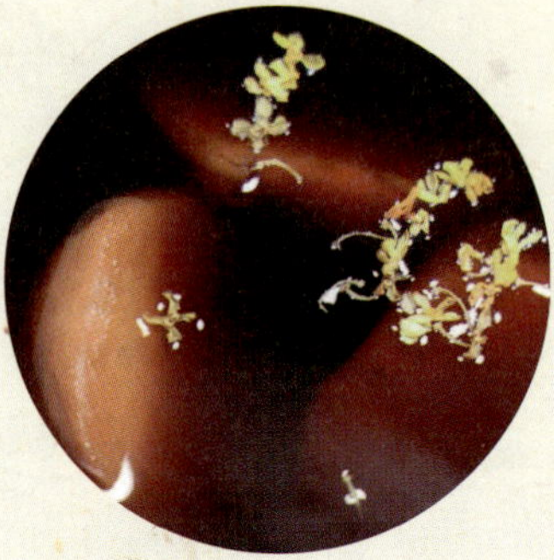

一碗简单的桂花糖水鸡头米，原汁原味，软糯清香。

桂花糖芋艿酥软而不烂，汤清且不腻，香气扑鼻，是秋日里的限定款。

桂花糖藕出锅时，需淋上金黄诱人的糖桂花，吃一口，绵糯清甜，唇齿留香。

当栗子的清甜和桂花的馨香完美融合，路过闻到香味，若不买上一袋桂花糖炒栗子，那必然是走不动路了。

用桂花制成的桂花糕，米香夹杂着桂花与糖的香甜，入口细腻。

到了冬天，那一瓶期待了一整年的冬酿酒也少不了桂花这一味配料，酒中掺有细小的桂花花瓣，开瓶后散发出一股馥郁的桂花芬芳，当真是“酒不醉人花醉人”。

此刻吴中银杏正黄

银杏翻飞，天地间一片金黄的壮阔之美，此刻，银杏叶随风起舞，向你发出盛情邀约。周末，一起来吴中看银杏吧！拾一片银杏叶，捡一缕阳光，夹在书里，藏在心中，让它为你带来一整个深秋的“小确杏”。

东山镇

东山是著名的银杏之乡，岛上种植着大量的银杏树。晚秋时节，透过银杏的垂叶，远眺岛上的山水人家，别有一番天高云淡、黄叶映湖的壮丽景致，如诗如画。

据相关部门的资料，江苏最古老的三棵银杏树，其中一棵就在镇上的北望岭下村（北芒村）。

这棵“银杏王”已有2000多年历史，目前生长势头依然强劲，树高30余米，树冠10余米，“腰围”达3.7米，树干需3人方能围抱。

站在树下，抬头上望，树干挺拔有力，枝叶茂密繁盛。整棵树一身黄衣，看起来高大壮美、清贵又平易，让人不由得想起郭沫若先生的那篇《银杏树》中的文字：“你那槎枒的枝干挺撑在太空中的时候，你对于寒风霜雪毫不避易。那是多么的嶙峋而又洒脱呀……”风骨盖世的银杏树，真不愧为“东方的圣者”。

东山西部的杨湾古村，房前屋后，处处可见几十年、几百年树龄的银杏树。村里还有一棵声名远扬的古银杏树，60多年前，国画大师李可染先生曾为这棵树进行写生创作。

树干劲挺，一臂倚在老屋顶上，劲风吹过，片片金黄色银杏叶随风飘舞，撒下一地金黄。偶尔有几只橘猫、白鹅经过，更显生机盎然。

此外，镇上的紫金庵、雕花楼也有很多银杏树，非常值得前去欣赏。

光福镇

银杏长寿高古，蕴含禅意，寺庙多有种植，其明黄的色调和庙宇的风格颇搭。光福镇的铜观音寺与石壁永慧禅寺，就种有大量银杏树。

巨大优美的晚秋银杏给寺庙添了一种辉煌而沉静的气息。生如夏花般绚烂，心灵似秋叶般静美，银杏给予人无限的遐想和内心的安定。

“尽日苔阶闲不扫，满园银杏落秋风。”明代诗人刘熠在《赠古泉上人》中曾这样写道。铺满地面的银杏叶，与寂寥的秋日、庄重古朴的寺庙，共同营造出一种沉稳平和的晚秋之美。

尹山湖畔

秋末的尹山湖畔，金黄色的银杏树、红叶摇曳的枫树、碧绿的湖水、澄澈的蓝天……大自然的缤纷色彩在此处相逢，勾勒出一幅斑斓绚丽的人间童“画”。

这些黄色的银杏叶灿若云锦，就好像给每棵树都披上了金色的华服，天地之间亮到耀眼的银杏黄，绵延成十里长廊，目之所及，金色层层叠叠，让人恍惚间不知阳光与叶片哪个更璀璨。

身处在红枫金叶的游乐园里，眼前是五彩有趣的游乐设施，耳边是稚嫩欢乐的童声童语，微风吹动，银杏叶片轻轻舞动，沙沙作响，心中是无尽的平和与满足。

长桥街道

随着气温降低，长桥街道各个地方的银杏树都披上了一身“黄金甲”。道路在银杏的衬托下，显得更为淡雅素净，落叶与建筑相映，把街区装扮得十分梦幻。

湖光倒影，碎金荡漾，从朝阳初升到夕阳西下，所望之处堪称人间绝色。

在长桥街道科文中心对面，有一棵树冠参天、枝叶繁茂的银杏树，至今已有600多年的树龄。年复一年，四季轮转，它带着根植于土地的深情，坚韧、乐观地扎根在这晚秋的一方天地里，将岁月沉淀下来的美体现得淋漓尽致。

漫步于长桥街道最美的银杏大道夏莲路，仰头是秋高气爽一片蓝，低头是银杏金黄，连空气里都弥漫着治愈的味道。银杏叶纷飞，也吸引了许多居民前来打卡。

探访吴中宝藏古村

吴中是吴文化的重要发祥地，其中，大大小小的古村见证了一段段历史时光的变迁。苏州共有5个中国历史文化名村，全部出自吴中区，分别是东山镇陆巷村、三山村、杨湾村和金庭镇明月湾村、东村。这些村子既有充满历史韵味的古建筑，也有野趣十足的田园风情，漫步于青石板路，捕捉当下美景，尝尝传统小吃，逗弄一下晒太阳的猫咪……花一整个周末沉浸式体验一番后，你会发现古村也不都长一个样子呀！

陆巷古村：这里的特产是教授和白玉方糕

“太湖第一古村落”陆巷古村位于东山镇，它嵌于山坞之中，背靠莫厘峰，面向太湖，东有寒谷山，西有箭壶岛，同太湖西山遥遥相望，被誉为“科举之村”“教授之村”“古建筑之村”。

古村形成于南宋初年，是一座有6条古巷的村庄，故名“陆巷”。陆巷是南宋名臣叶梦得、明代宰相王鏊和清代状元王世琛的故里，也是目前江南保存最为完好的一处明清古村落。

三牌坊和六巷

与王鏊有关的明代三牌坊是陆巷古村的标志性景观，分别为会元牌坊、解元牌坊、探花牌坊，呈“丁”字形排列。王鏊是明代著名政治家和文学家，且是名副其实的“三朝元老”，大名鼎鼎的唐伯虎、文徵明、祝枝山都是他的学生。

村内有文宁巷、康庄巷、固西巷、旗杆巷、姜家巷、韩家巷6条古巷，青砖斑驳，小溪淙淙。走进陆巷长长的巷子和幽幽的长弄，仿佛穿行于悠悠的历史长廊。

白玉方糕

解元牌坊旁有一家很有名的陆巷白玉方糕店，店里只卖白玉方糕和猪油糕两种糕点，近年来几度登上央视，甚至还有不少国外游客专程赶来寻觅这块白玉方糕。

TIPS

陆巷古村地址：吴中区莫厘峰环山路东山景区内

门票：65元

三山村：有些好看的民宿藏得也太深了吧

三山村位于东山镇太湖中部三山岛上，因境内北山、行山、小姑山一岛三峰相连得名，总面积约2.8平方千米。岛上风景秀丽，拥有板壁奇峰、叠石通天等十大风景名胜，建有国家湿地公园、国家地质公园。远远望去，仿佛传说中的湖上仙岛，自古就有“太湖蓬莱”的美誉。这里还有名果马眼枣，全国罕见，果大且鲜甜爽口，吃完颊齿留香。

寻访江南文化

三山岛上拥有旧石器时代文化遗址。1984年，三山岛旧石器和哺乳类动物化石的发现，把历史文献记载的太湖地区历史向前推到距今一万年以前。民间“先有三山岛，后有姑苏城”之说也由此得到了印证。岛上建有三山文物馆、三山村村史展览馆等文化展示体验载体，成为大家溯源太湖文明、发掘江南文化内涵、了解三山古文化的好去处。

太湖畔网红民宿

经过多年的建设，东山镇三山村成为市民游客观光度假、露营垂钓、湿地观光、户外拓展的好去处，岛上有超100户民宿、农家乐，如呼梦集、过云山居、岛隐民宿等。找一个隐藏在僻静处的民宿，将城市的喧嚣抛到脑后，领略一番别样的自在生活吧。

TIPS

三山村地址：吴中区东山镇三山岛

门票：免费

杨湾村：一座穿越时光的天然博物馆

杨湾村最早名为“阳湾”，意为向阳之湖湾。这个古村地处东山镇西南太湖之滨，人杰地灵，名人辈出，有“南宋遗泽八百年，太湖风月三千顷”之誉。杨湾村集元、明、清各朝各代古建筑之大成，以老街南端的怀荫堂、老街北端的明善堂、蒉家山麓的轩辕宫正殿最为著名，是苏南地区不多见的元、明、清3个时期的代表性建筑，今均列为全国重点文物保护单位。

“七世”而来的千年古建

轩辕宫最早名为“胥王庙”，历史上经过多次修缮，跨越了南北朝、唐、宋、元、明、清、民国7个不同时期。轩辕宫正殿居高临下，面迎太湖，翼角飞翘，形体秀美。整座殿宇无一铁钉，形制精巧。殿前月台宽阔，殿后青山满目。山上有轩辕亭，又称“揽胜亭”，可远眺气势磅礴的太湖。

古银杏树

在杨湾村，你可以见到数十种树，如银杏树、橘树、板栗树、枣树、枇杷树等，而数目最多的可能就是银杏树了，房前屋后均可见到，且大多已有几十年甚至上百年的历史。有一棵古银杏树，60多年前国画大师李可染先生曾将其作为写生对象，现在依旧树干劲挺，一臂倚在老屋顶上，样子十分潇洒，像是站在村口迎宾的村民。

TIPS

杨湾村地址：东山镇上

门票：免费

明月湾村：邂逅浪漫古码头，赏西施看过的月

明月湾村位于金庭镇太湖西山岛南端，依山傍湖，背靠潜龙岭，面朝太湖，相传因2500多年前吴王夫差和西施在此赏月而得名。古村落面积约9万平方米，基本为棋盘格局。这个有着千年历史的古村至今仍保留着原始风貌，现存明清建筑20余处，有千年古樟、古石板街、古码头、古民宅、古寺祠等“五古”。

千年古樟

古村入口掩隐在一棵香樟树下，粗壮的树身需要好几个人才能抱住。据说，这棵古树是唐代诗人刘长卿到明月湾访友时所种，树龄有1200余年。古樟树孑然高耸，如一位慈祥的老者陪伴着古村迎送万千个日出日落，诉说着光阴的故事。

古码头

明月湾古码头曾是村民走向外部世界的主要通道，白居易等历代名人由此泊舟登岸，商贾渔民曾在此挥手告别。如今这里是赏明月、赏落日的好去处，众多热播剧曾在此取景，文艺青年们十分热衷在此拍照打卡。

TIPS

明月湾村地址：吴中区西山岛南端

门票：40元

东村：我有老故事，你有时间慢慢听吗？

东村建村于秦末汉初，距今已有2000多年的历史，因“商山四皓”之一的东园公曾隐居于此而得名，古称“东园村”，简称“东村”。东村虽不大，历史遗存却相当丰富，目前保存有民居、祠堂、巷门、店铺、寺庙、古井、桥梁等类别的明清建筑物或构筑物20余处，包括栖贤巷门、永安桥、徐氏宗祠等古迹。

东村是一个特别安静的村子，在这里能深切地感受到旧时江南古村的富庶和民风民俗的淳朴。

敬修堂

这里除了流传着乾隆皇帝“金屋藏娇”的故事外，还是《橘子红了》《风穿牡丹》《庭院里的女人》《风雨雕花楼》等影视剧的取景地。堂内有刘墉题的“贞寿毓贤”碑刻，12扇落地长窗上雕有12条长龙，这是民居建筑中极少见到的。

徐氏宗祠

徐氏宗祠由东村一代儒商徐联习主持修建，祠堂坐北朝南，整座建筑庄重肃穆、气势宏伟，是保存完好的清代古建筑。徐氏宗祠内的砖雕用料精细、雕工考究，人物图案栩栩如生，古意悠悠，技艺高超。

TIPS

东村地址：吴中区金庭镇林屋路158号西山风景区内（北侧）

门票：古村免费开放，徐氏宗祠门票10元，敬修堂属私人所有

好甜！
吴中橘子采摘线路公布

洞庭东、西两山盛产柑橘。唐代诗人韦应物曾咏洞庭柑橘："书后欲题三百颗，洞庭须待满林霜。"为了不错过这一口秋季的甜蜜味道，是时候来吴中开启一场橘子采摘之旅了。随着深秋的到来，橘子的口感也变得越来越好。不妨来看看小吴给大家带来的东、西山橘子采摘路线。

西山岛橘子采摘

岛上盛产温柑：无籽、皮薄、汁多

西山岛月月有花，季季有果，是一座名副其实的“花果山”。岛上橘子种植历史悠久，有绿橘、金橘、蜜橘、扁橘等多个品种。温柑是岛上种植量较大的品种，产量较高，无籽，皮薄，汁多，果味浓郁。

上岛之后，沿路可以看到很多卖橘子的果农，通常他们的摊位前还会挂上一个小牌子，写着“橘子采摘”。当地果农家里的橘园，一般都欢迎游客前去采摘，价格通常在3—4元一斤。此外，西山岛上许多农家乐和民宿也都提供橘子采摘服务，预订餐饮和住宿的时候，可以咨询一下店主。

深入村庄，便可以看到许多硕果累累的橘树。此时，西山岛上的果园中，橘子已渐渐成熟，漫山遍野橙黄点点，又大又圆的橘子沉甸甸地压弯了枝头，散发出诱人的光泽。

联系好当地果农，背着小竹篓，穿过蜿蜒的乡间小路来到橘园，就可以采摘橘子了。轻轻摘下熟透的橘子，剥开橙黄的橘皮，一股清香就往鼻子里钻。现摘的新鲜橘子，吃起来汁水四溢，香甜可口。

线路推荐：石公山→明月湾古村→农家乐（午餐）→林屋洞→采摘橘子

东山橘子采摘

主打洞庭红橘：皮红瓤黄、汁多味美、甘而略酸

秋天的东山，是自然风光与人文景观高度融合的一幅画卷，每一种元素都让人心醉。在漫山遍野的橘林中，一枚枚橘子在墨绿色的叶子间，露出了灿烂的笑脸，热切地把丰收的喜悦告诉每一个人。

东山不少景点内就栽有橘树，在这里不仅可以体验采摘橘子的乐趣，还可以远眺太湖的美丽风光。

深秋的雨花胜境，漫山遍野硕果盈枝，远远望去，在微风中摇曳的橘子闪着金灿灿的诱人光泽，为这乡间原野增添了一抹亮色。

秋日的三山岛，房前屋后、山坡田野处处飘香，一枚枚圆润的橘子犹如数不清的灯笼，点缀在墨绿的枝叶丛中。在岛上不仅能吃到美味的农家菜，还能体验采摘的乐趣。

西巷采摘园位于杨湾西巷村旁半山坡，种植着数十亩橘树，园内橘子皮薄味甜、汁水丰富。在此不仅可以赏太湖风光，还能去西巷村感受一次“两栖”生活。

洞庭红橘作为东山柑橘的主要品种之一，皮红瓤黄，汁多味美，甘而略酸，香味宜人。洞庭红橘有着悠久的栽培历史，据史料记载，早在唐宋时期，东山一带就盛产红橘。

曾经让东山农民发家致富的洞庭红橘，如今已形成一道独特的生态旅游风景。在东山环岛路旁边的万家生态林和东山宾馆内就保留着多亩红橘林带，每年这个时候，“橘子红了”的美丽景象得以重现，而东山人的“红橘记忆”也有了新的归处。

线路推荐：启园→东山雕花楼→农家乐（午餐）→紫金庵→采摘橘子

秋天的洞庭东、西山，有橘之甜蜜、村之幽静，有山之奇秀、水之灵动，更有秋之华美。抽空来一趟西山或东山，在好山好水好风光间尝一尝这酸甜的味道吧！

东、西山的橘子采摘期一般持续至11月底。

TIPS

1. 采橘子最好不要直接用手摘，而是用剪刀剪下来，留一小段果柄，能让橘子保存得更久一些。

2. 如果没有剪刀，也可以一手握住果枝，一手抓住橘子顺着一个方向轻轻旋转，转上几圈，橘子就自然脱落了，这样既不伤树枝，橘子也完好无损。

来太湖，做一回“周末岛主”

“这个周末，不如去太湖岛居！”

太湖生态岛的秋天向你发来邀约，逃离城市大口吸氧，做一回“周末岛主”。网红咖啡民宿、千年古村，还有橘子日落、梦幻湖鸥……抓住秋日的尾巴，向岛屿进发！

来看一下小吴为你精选的太湖生态岛最IN（最流行）的岛居打卡指南吧。

上篇：西山岛 Countrywalk（乡村漫步）推荐线路

禹王庙：眺望太湖最佳 银杏观赏地

西山岛上有许多树龄500年以上的银杏树，秋冬之际，片片叶子在秋风的吹拂下，纷纷披上金黄色的外衣，甚是迷人。

禹王庙旁靠湖一角有块石碑，上题“万顷波涛一望收”。置身于此，放眼万顷波涛，秋末冬初的景致令人沉醉！

电影《建军大业》曾在禹王庙取景。除此以外，这里“角里梨云”的古碑、太平军土城遗址也是古韵浓重，可以欣赏一番。

地址：金庭镇林屋路158号西山风景区内（西侧）

堂里古村：西山雕花楼 香山帮技艺

沿着环岛公路，来到形成于南宋乾道年间的堂里古村，精美的古宅遍布于古村内，庭院深深，雕梁画栋，香山帮技艺的精妙绝伦可见一斑。

村内保存有明清建筑10余处，其中仁本堂始建于清康熙年间，因其古建筑雕刻数量多、价值高而被俗称为“西山雕花楼”，也是苏州现存雕花楼中历史较悠久的一座。走进西山雕花楼，你便会惊叹于满眼的砖雕、木雕、石雕等艺术精品，真可谓是“无刻不成屋，有刻斯为贵”。整幢楼不用一钉一铁，全部由榫卯结合，处处透露着明代建筑的遗风。

漫步于古村内的小巷，脚下踩着斑驳的石板路；房前屋后挂满果实的橘子树、石榴树，为秋天的画卷添上浓墨重彩的一笔。

地址：太湖西山岛西部（近东村古村）

风铃溪谷·金铎岭：新晋网红打卡点　太湖瑞兽白泽

新晋网红打卡点风铃溪谷位于太湖畔的金铎岭，是西山古十景之一“金铎松篁”的所在地。

金铎岭位于太湖生态岛北部金铎山东北山麓（海拔103米），与叶山岛、绍山岛隔湖相望，占地面积40840平方米，相传因吴王阖闾藏金铎于此而得名。

这里不仅有惟妙惟肖的十二生肖太湖石，更有可爱的太湖瑞兽白泽。

地址：太湖西山风景区金铎松篁

林屋洞：天下第九洞天　天然石灰岩溶洞

在西山岛有一处自然形成的石灰岩溶洞——林屋洞。其因“顶平如屋，立石成林”而得名，有“天下第九洞天”之称。

林屋洞属石灰岩地下厅式溶洞，拥有独特的喀斯特地质风貌奇观，洞内冬暖夏凉。进入洞内，果然不一般，山里有洞，洞里有山，洞中有洞，大洞套小洞，洞洞相通，洞内景观奇幻。出洞后还可以登上林屋山，远眺太湖美景，欣赏西山古十景之一的“林屋晚烟”。

地址：太湖西山风景区内林屋洞景区

石公山：赏湖、赏石的好去处　太湖石

石公山不高，却以石为奇，怪石嶙峋，高低错落，有丰富的石文化资源，其中最具代表性的就是太湖石。在唐朝时，这里就是名满天下的太湖石主产地之一，石景奇秀，天然生成。来石公山可别错过了一线天，其宽度极窄，只能容一人上行，坡度极大，需手脚并用向上登爬。

云梯在石公山东侧，一块巨石直上山顶，石头上有不规则的天然石蹬，状如梯子，故名云梯。据说巨石上的“云梯”二字，早在400多年前就已存在。

地址：石公路168号石公山景区

明月湾古码头：打卡西山岛最美日落　两棵榆树

明月湾古码头斜向伸入太湖中，建成至今已有千年历史。这里曾舟楫往来，热闹非凡，是村民走向外部世界的主要通道，相传吴王和西施曾在此赏月。

明月湾古码头是一处观赏日落的绝佳之地，在此静静等待黄昏落日的到来，满是惬意。

夕阳西下，余晖铺满码头，微微晚风，点点碎金，古朴而鲜活，太湖的浪漫尽拥在怀。从码头上面的石缝中钻出的两棵榆树，在晚霞的映衬下成为一道独特的风景。

地址：石公路明月湾村

● 金庭网红咖啡店 TOP 10（2023 版）

岚林山居：大隐于市　小隐于野
金庭镇东蔡村秉汇东汇上280号

西西里：欢迎来到落日乌托邦
金庭镇缥缈峰公路特1号

过沐不忘：私享院落静谧空间
金庭镇东村爱国1组西湾5号

湖与咖啡：坐拥太湖一线湖景
金庭镇涵村西涵头38号

漫心岛：文艺的露营咖啡
金庭镇大干山1号

一尺花园：三面环山绿植环绕
金庭镇石公路99号

鸥迹湖畔：田野里的咖啡馆
金庭镇堂里村采摘园房屋

半山咖啡：楼顶花园可自助烧烤
金庭镇石公村3号（无桐半山民宿内）

水庐咖啡：黑白简约设计风
金庭镇明月湾路128号

村口大树咖啡：在村口大树下喝咖啡
金庭镇阴山村91号

● 治愈系！湖畔人气民宿 TOP 10（2023 版）

棕榈湾：villa度假型民宿
金庭镇堂里街北27号

隐栖民宿：竹林环绕的乡村风情
金庭镇东园路90号

花海澜庭：园林庭院　顶楼露台
金庭镇前湾路71号

湖光山舍：可露营　可赏景
金庭镇大桥路8号

喜来春：在庭院品味太湖风味
金庭镇石公村旸坞村12号

寻觅半山：独栋别墅　室外泳池
金庭镇衙角里村石井头3号

冶园园林民宿：江南匠人的玲珑巧思
金庭镇南徐村马村组杨树头4号

叙姑苏·忆江南民宿：露天无边泳池
金庭镇东村横山143号

粗衣食吾：同日月星辰而眠
金庭镇东村爱国7组下泾126号

沁园艺术民宿：开启美术馆艺术之旅
金庭镇梅园路徐家场12号

下篇：登岛来一次心灵之旅

“三万六千顷，千顷颇黎色。”浩渺太湖中，一个个绝美小岛像散落湖中的明珠，每一个都是人间小宝藏。小岛是一种奇妙的地理存在，当我们远离坚固而广阔的陆地，被湖泊和大片的云朵包围时，心中久违的平静也在此刻被找回。所以，登岛来一次心灵之旅吧！

漫山岛：漫漫岁月静守一方山水

漫山岛遗世而独立，在漫漫岁月中静守着一方山水，岛上还保留着传统的生活方式和典型的江南水乡特色。

从漫山渡码头出发，20—25分钟就能抵达漫山岛。初见漫山岛，人们总会被码头旁的灯塔所吸引，这座红白相间的迷你灯塔是岛上绝佳的打卡拍摄地。

码头附近有吴县太湖漫山小学旧址，这所学校曾是岛上唯一的学校。灰白的墙壁和满墙的爬山虎，透着浓浓的岁月味道。如今学校已改造成为鸟类图书馆，这是全国首家以鸟类为主题的图书馆。在这里读一本关于鸟类的书，喝一杯鸟类主题的特调咖啡，感觉好像长出了翅膀，遨游在青山绿水间。

漫山岛上有60多间民宿客房，分散在岛上各个角落。每一间客房都有一个雅致的名字，主题风格也不尽相同。在这座“隐世小岛”

上住一晚，看星空、听浪潮，与自然同呼吸，想必也是美事一桩。

岛上民居的周围是大片大片广袤的田野和山林，奔跑在乡间的小道上，有一种时间被按下暂停键、快乐被无限放大的感觉。翠绿的稻田随风轻轻舞动，路边的野花散发阵阵香气，扑面而来的清风带着泥土的芬芳，这一刻，心中的烦恼忧愁仿佛被风儿吹得无影无踪。

日出日落时，霞光漫天；夜色渐浓时，繁星灿烂。漫山岛，美得刚刚好！

TIPS

地址：吴中区光福镇冲山村漫山岛
交通：在太湖三号桥码头（导航搜索“漫山渡码头”）乘船上岛
船票：单程票价30元，往返票价60元（可提前关注“苏州文旅漫山岛”微信公众号，及时获取轮渡时间、售票详情、住宿预订等信息。到现场买票也可以，记得看好往返时间）

浮庙墩：如玑似螺，犹如仙岛

如果把光福邓尉山比作一个美人，那么清澈如镜的西崦湖就是美人明亮的眸子，使光福显得格外妩媚动人。光福的东、西两翼，各有一片美丽的湖泊，分别叫“东崦湖”“西崦湖”，这里是光福山水精华荟萃之处。

西崦湖中有一小岛名为“浮庙墩”，呈一颗“心”的形状。整座岛屿只有一座桥与外界相连。传说小岛随水沉浮，从未被水淹过。岛上屋舍俨然，绿树葱郁，宛如镶嵌在明镜上的一颗绿色的明珠，又像停泊在湖中的一艘战舰，点缀着平静的湖面，营造出静中有动、动中有静的妙境。

走在岛上的小巷子里，曲径通幽，路边的野花散发出阵阵香气，令人心旷神怡。岛上只有十几户居民，他们守着自己的菜地、养鸡养鸭，日出而作，日落而息，生活简单却又充实。到了晚上，岛上格外清净。

TIPS

地址：吴中区光福镇浮庙墩

门票：免费

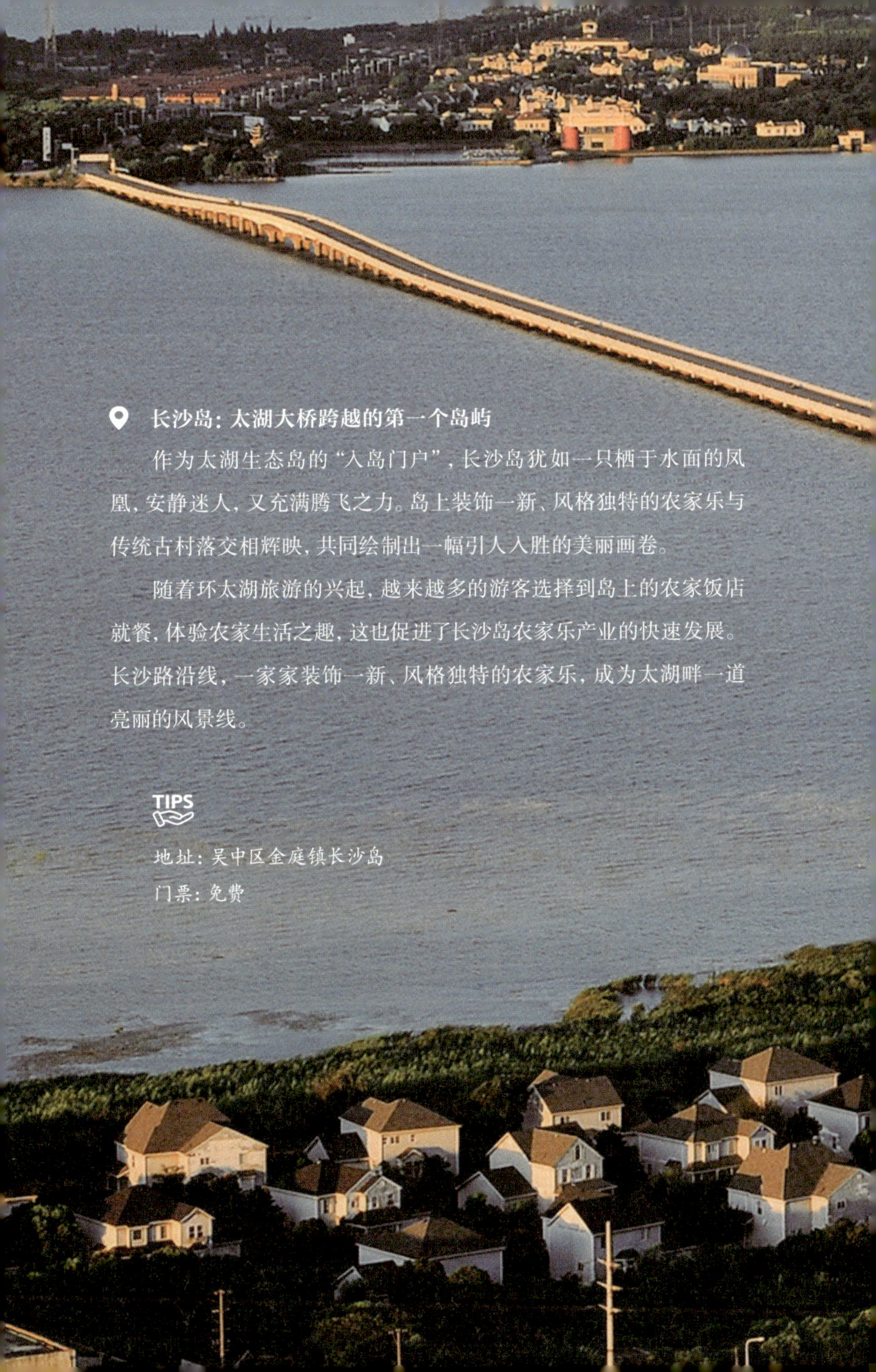

长沙岛：太湖大桥跨越的第一个岛屿

作为太湖生态岛的“入岛门户”，长沙岛犹如一只栖于水面的凤凰，安静迷人，又充满腾飞之力。岛上装饰一新、风格独特的农家乐与传统古村落交相辉映，共同绘制出一幅引人入胜的美丽画卷。

随着环太湖旅游的兴起，越来越多的游客选择到岛上的农家饭店就餐，体验农家生活之趣，这也促进了长沙岛农家乐产业的快速发展。长沙路沿线，一家家装饰一新、风格独特的农家乐，成为太湖畔一道亮丽的风景线。

TIPS

地址：吴中区金庭镇长沙岛

门票：免费

阴山岛：在这里，按下时光的慢放键

阴山岛呈月牙形，位于太湖西山岛北侧。过了太湖大桥右转进入环岛公路，行不多时，便会看到一处长长的堤路，路的尽头连接着的便是阴山岛。

这里有世世代代靠着太湖的自然资源生活的村民，他们日出而作，日落而息。路过的每一段风景里，都能感受到世外桃源般的祥和安逸，而此时，你的岁月时光，也在这里被按下了慢放键。

村口的千年古樟树高36米，树干一圈达5.83米，远看过去，几乎将小岛严实地纳入它的怀抱之中。古樟植于东吴孙皓天纪四年（280），已有近1800年的历史。

整座岛只有一条环岛的小路，蜿蜒曲折，一路上能看到很多果树。沿着小路来到阴山岛的北侧，眼前豁然开朗，可以远眺烟波浩渺的太湖，也可以置身绿荫中小憩片刻。

岛上林木茂密，四季鸟语花香，遍植花果茶树，可谓半山茶树半边湖。岛上的民居大都倚山而建，其中有不少还是明清古建筑，气势和位置俱佳的古宅庆余堂就在其中。

TIPS

地址：吴中区金庭镇阴山岛

门票：免费

横山岛：街巷古意悠悠

晴朗天气的横山岛，放眼望去，满是湛蓝，这里的日落照片总能成为朋友圈的焦点。东岸等日出，西岸追日落，非常适合节假日出行，能巧妙地规避人潮。

横山岛位于西山岛以北，面积0.8平方千米，居住着600多名村民。很多人家都是开门见湖，享受着都市人艳羡的太湖生活。

横山岛“山形犹龙，旁具四支，冈脊自北迄南，石崚嶒如鳞甲”。岛上有枝罗湾、北罗湾、南犇湾、蛇口湾4个自然村，岛上以种植枇杷、杨梅、石榴、茶叶等为主要产业。

岛上的街巷古意悠悠，这里的民居依山傍水，虽没有深宅大院的气势，但与山势结合得十分巧妙，为横山岛增色不少。岛上有盘龙寺遗址，现仅存天王殿和配殿两间。

TIPS

地址：吴中区金庭镇横山岛

门票：免费

三山岛：水天一色，风光旖旎

东山镇的三山岛，距离苏州城区约30千米，需要在东山镇的长圻码头坐船方能抵达。三山岛因北山、行山、小姑山三山相连而得名，又名“笔架山”“金龟山”，有“太湖小蓬莱”之称。

三山岛记录了吴地文化和文明的起源，同时是名副其实的生态小岛，行走在岛上有一种超脱于世的感觉。

三山岛不仅有古韵，还是风光旖旎的国家5A级景区，环岛骑行、爬山探秘、民宿体验……多种游玩方式让旅程充满惊喜。在山峦之间、绿树丛中，点缀着一座座特色民宿，呈现出一幅江南水乡的风景。

TIPS

地址：吴中区东山镇三山岛

交通：在东山镇长圻码头乘船上岛（东山长圻码头→三山岛先奇码头）

船票（单程）：成人票20元；儿童票10元（1—1.4米），1米以下儿童免费

门票：78元

余山岛：隐秘的桃花源

余山岛是漂浮于苏州太湖上的一座孤岛，距离陆地约1.2千米，四面环水，空气清新，景色迷人，自然淳朴。丰富的阳光和雨露滋养着多种果树和茶树。

余山岛呈长条状，主要由东湾和西湾两个村组成。东湾村位于岛东南角，西湾村位于岛南岸中部，两个村子相距约500米，都保留着传统的风貌。岛上现只有50多户人家100余人，留在岛上的基本都是老人。

余山岛，与世隔绝，淳朴自然。在这样孤独而秀美的小岛上，对着夕阳，读一本许久未曾翻开的书，用笔给远方的人写一封信，或弹一支悠扬的曲子；或带着自己的另一半，手牵着手，在安静的码头、石板路上散步。空气中有花香，有虫鸣、鸟鸣，也有恋人的绵绵情话。在这里，无人打扰。

整个小岛地方不大，半天的时间足够逛完。当然，你也可以选择在岛上住一晚，体会这静谧的生活。

TIPS

地址：吴中区东山镇余山岛

交通：在余山岛上岛码头（莫厘峰环山路白马庙东北70米）乘船上岛（需提前联系岛上的民宿，以便安排船接送）

“吃货”必看！吴中十大碗

苏州十大碗美食公布后，不少“吃货”蠢蠢欲动，藏书羊肉作为吴中美食界的璀璨明星光荣“出战”！

那么，吴中十大碗都是哪些菜品呢？想吃去哪里可以买到？别急，都帮你整理好了！菜品美图、菜品介绍、推荐售卖点，一起来看！

藏书羊肉

藏书羊肉历史悠久，被列入江苏省省级非物质文化遗产名录。藏书羊肉以白烧羊肉、羊肉汤、羊糕和红烧羊肉为主要品种，运用传统独特的烹饪技艺烧煮而成。白烧以汤色乳白、香气浓郁、肉酥而不烂著称，口感鲜而不腻。具体制作方法是将羊肉用木桶蒸煮一个半小时，最后适时加入特制调料，再搭配葱、蒜、盐、醋、辣酱等佐料。

推荐饭店：老庆泰大酒店、新东方羊肉

甫里鸭

甫里鸭，据传是唐代陆龟蒙创制的一道菜。陆龟蒙隐居甫里，自号“甫里先生”，喜欢养鸭。一是择其勇者斗鸭，二是择其美者逗鸭，三是烹饪佳肴。陆龟蒙生性豪迈，善交朋友，每有文人墨客、贩夫走卒到访，他都奉以一道鸭肴慷慨款待。陆龟蒙创制的甫里鸭有出其不意之感。

推荐饭店：角直西汇饭店、孙武书院

母油船鸭

母油船鸭是苏州地区的传统名菜，属于苏帮菜系。在100多年前，太湖游船众多，船家都在船上煮饭烧菜，供游客食用。船家用整只鸭子，在陶罐中煨制，原汁原汤，香味浓郁，肉质酥烂不碎，深受船客欢迎。因当时此菜尚无正式名称，游客称它为“船鸭”。后来苏州厨师又加以改良，将原带骨鸭改为出骨鸭，并在鸭肚里加上川冬菜、香葱、猪肉丝等配料，在调味上又改用苏州著名的母油，其味更佳，同时取名为“母油船鸭”。

推荐饭店：澹台湖大酒店、锦阳名灶

TIPS

母油是在三伏天晒制，到秋天用的优质酱油。母油的意思是最好的酱油，这种酱油现在并不好找。为了增加鲜美的味道，母油中加入了大量的虾籽来熬制，也因为这样，要浸泡一两个月的时间。

● **莼菜银鱼羹**

莼菜中含有丰富的蛋白质、碳水化合物、脂肪、多种维生素和矿物质。银鱼属高蛋白低脂肪食品。此羹以莼菜与银鱼为主，辅以豆腐、火腿肠，用淀粉勾芡，淋入蛋清，撒上火腿末、香菜末，滴入香油即可。

推荐饭店：苏州东山宾馆、澹台湖大酒店

● **三虾豆腐**

三虾豆腐是一道传统的地方菜肴，它的特点在于使用了太湖白虾出壳而得的虾肉、虾籽和虾脑三种不同的虾类食材。三虾豆腐除了三虾的鲜美外，据传当初是配用了木渎灵岩山寺僧人制作的豆腐。因为豆腐格外白净滑嫩，三虾鲜味独特，虾脑鲜红鲜香，虾仁柔滑鲜嫩，从而备受食客青睐。

推荐饭店：孙武书院

鲃肺汤

鲃肺汤是吴中的一道特色菜，为苏州传统名菜，被列入江苏省省级非物质文化遗产名录。鲃肺汤是以鲃鱼肝、火腿丝和青菜心等食材精心烹制而成，其特点是鲃鱼肝肥嫩，鱼肉细腻，汤清味美，是夏秋季节的时令菜肴。鲃鱼是太湖水域的特产，背部呈青灰色并有斑点。鲃鱼的肚子能鼓起来像泡泡，因此也被俗称为“泡泡鱼”。

推荐饭店：寻味年代

白什盘

白什盘，也被称为“白什拌”，是一种传统的苏帮菜肴。这道菜的特点是不加任何调料炒制而成，有虾仁、火腿、腰花、蹄筋、海参、鸭胗、鱼片、干贝和鸡蛋糕等多种食材。白什盘的名称来源于其制作过程中不使用调色料的特性，有时也被称作“白食盘”。近年来，随着复古风的流行，这道传统菜肴在城内也逐渐受到欢迎。

推荐饭店：苏苑饭店、澹台湖大酒店

雪花蟹斗

以蟹壳为容器，内装清炒的蟹粉、洁白如雪的蛋泡，稍作点缀，色、香、味、形并俱。清代文人袁枚在《随园食单》中指出，炒蟹粉“以现剥现炒之蟹为佳”。若放置时间一长，则“肉干而味失”。炒蟹粉时加适量焐烂的肥膘，可以使蟹粉更加肥润。

推荐饭店：苏州东山宾馆、环秀晓筑

清蒸白鱼

白鱼、银鱼和白虾是太湖的三种湖鲜类特产，由于其色泽均呈白色，因而被称为“太湖三白”。利用太湖三白制作的菜肴，极为注重食材的新鲜程度；又因其出水即易死亡，故而最适合在水边或船上烹制太湖三白。以太湖三白制作的菜肴，如清蒸白鱼等，强调保持食材的原味。

推荐饭店：洞庭饭店、苏苑饭店

鸡头米炒红菱

鸡头米、菱角与茭白、莲藕、水芹、茨菰、荸荠、莼菜8种水生植物合称“水八仙”。鸡头米是芡实的俗称。南芡圆整粒大，质地黏糯，香气浓郁，美味可口，是名贵食材之一。红菱属菱科，亦称“水红菱”，为一年生浮叶水生草本植物，3月种，9月收。红菱壳软薄而水分多，肉质细嫩，味道甘美，宜于生吃，号称“水栗”。老菱可制淀粉，菱粉细洁爽滑，为淀粉中的佳品，最宜于制雪糕、细糕点。鸡头米软糯香甜，红菱脆嫩爽口，二者碰撞在一起，开启一场味蕾的奇妙之旅，是秋冬季食鲜、润燥之佳品。

推荐饭店：澹台湖大酒店、水仙宫

清风不负游人，芳樽浅酌低歌，来吴中，听吴侬细语，览吴地风光，品吴中美食，共享吴中精致生活。

TIPS

细品美馔，少不了甜蜜小点，吴中十大特色糕点同样温暖着你的四季烟火：乌米饭、雪饺、枣泥麻饼、猪油糕、白玉方糕、船娘五彩团、桂花松糕、黑猪肉包子、梅花糕、四喜糕。

吴中这 7 家老面馆，
是好多人的“第二食堂”

对于苏州人而言，吃面是件不可或缺的事，很多人把家附近的老面馆当成了自己的“第二食堂”，一天几顿都在面馆里解决。

若问起吴中面馆哪家强，100个“馋老胚”（吴中方言中“吃货”的意思）可能有100种答案。但有件事大家绝对一致认同，那就是——在吴中，没人能逃得过吃面这件事。

花山菩萨面

“菩萨面真乃天下第一美味！”当年乾隆皇帝南巡至花山时称赞的一碗素浇面，经过近年来的不断改良，如今已是3.0版的花山菩萨面。

这碗大有来头的面，首先吊汤的水就不一般，用的是来自花山翠岩寺前的怡泉水。这座古井距今已有1700多年的历史，“怡泉”二字为晋代书法名家王羲之所题。

古井之水温润甘甜，纯洁醇厚，用此水吊汤，鲜美而回甘，比普通的面汤更添一层滋味。从山上挑来的古井水，加入豆芽、白菜、玉米、胡萝卜、笋，以及香菇、平菇、蟹味菇、牛肝菌、羊肚菌、松茸等多种菌菇，吊汤两小时，才能煮成一锅原汁原味的素面汤。

除了汤头，点睛之笔要算蕈油了。在烧热的菜籽油中依次加入秀珍菇、牛肝菌、鸡纵菌、姬松茸4种菌菇，慢火熬制半个小时左右制成蕈油。趁热舀一勺蕈油浇在刚煮好的面条上，一碗简单朴素的阳春面，瞬间“回春”。吃完一碗素浇面，再爬一爬花山，美哉美哉！

TIPS

地址：吴中区花山景区内（花山隐居·素养山房）

营业时间：10:00—14:00，16:30—19:00

点评：从汤头、浇头到名头，统统不一般

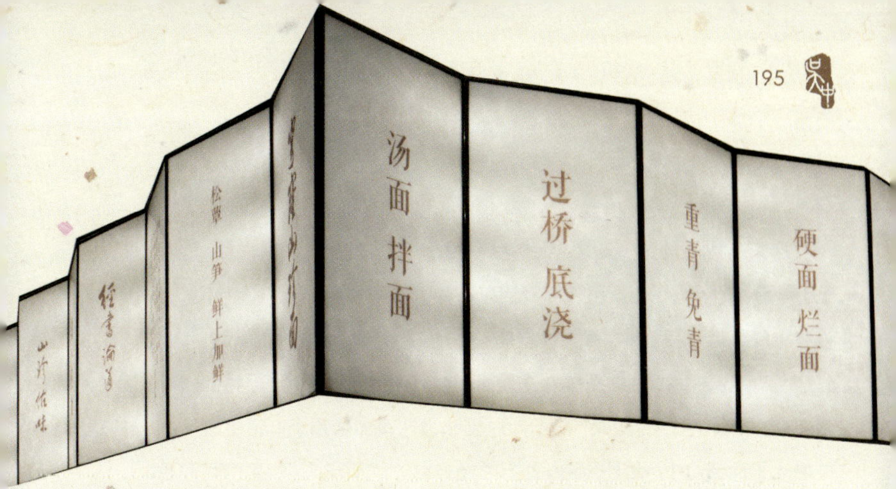

穹窿山珍面

靠山取材，原汁原味，主打一个“鲜”字，夏之蕈，春之笋，组成了这碗山珍素面的面浇头。

穹窿山盛产竹，山间的春笋也是一大美味。拿新鲜的春笋来熬笋油，可以将美味留得更久些。油吸笋香，脆笋爽口，这金黄诱人的纯正笋油，可存放半年之久。

一碗穹窿山珍面，泉水煮面，山珍佐味，还有腌制的金花菜、鸡坳菌、珊瑚菇等多种配菜，面汤鲜甜，面条爽滑，一碗面下肚，似乎能感受到山野的辽阔，生活中的烦忧被悄悄地带走了。

TIPS

地址：吴中区穹窿山风景区金鸡山路2号（穹窿山孙武书院餐厅）

营业时间：11：00—13：30（工作日）

点评：绝了！鲜掉眉毛

老横泾面馆

这家店给人的第一印象：大气！气派的店面，复古的陈设物件，竹匾、灯笼、陶罐、时钟……让人仿佛穿越回以前的老面馆。因为紧邻生活小区，周边许多居民都把这里当成“第二食堂”。

一碗堪称“顶配”的招牌九浇烩面，包含鲍鱼、虾仁、鳝背、猪肚、蹄筋、腰花、黑木耳、毛豆、酸菜等，不同的风味为这碗面增添了口感层次，又将鲜美融入了面汤之中。此外，店内也不乏经典的苏式面浇头，焖肉酥烂醇香，大排外脆里嫩，爆鱼鲜嫩多汁……可谓“面面俱到”。

老横泾是面馆，又不只是一家面馆，这里还售卖海棠糕、鲜肉包、鲜肉月饼、袜底酥、豆腐花等地道的苏式小吃。小吴特别推荐海棠糕，外脆里糯，内馅是甜蜜蜜的红豆沙，吃完面来上一块，这一餐可以美美收尾啦！

TIPS

地址：吴中区横泾街道中兴路新思家园三期

营业时间：5：00—20：00

点评：开业火到现在，“花头经”多得很

俞家面馆

以干挑拌面出名的俞家面馆开在木东路边，装修朴素却内藏乾坤，从停满车的门口就能探究出一二。赶早来这里吃面的人，多数都是奔着大排面而来的，来晚了可能就没有啦！

腌制过的大排下入油锅，反复翻动直至炸熟，捞出立刻放进特制酱汁中去油腻。把糖醋味的大排放在面上，趁热拌一拌，光是香气就足以诱人，大排外脆里嫩、酸甜可口，面条筋道。除了招牌大排面，小吴还推荐浓油赤酱的鳝丝面和鲜味十足的菌菇面。

面馆在中午还供应饭菜，周边好多人一日两顿都在此解决。食客们喜欢这里的口味，老板娘俞姐也回馈给他们足够的善意——她家的面和菜，分量都格外足实。

TIPS

地址：吴中区木东路50号

营业时间：5：30—13：30

点评：大排+干挑拌面，只此一家，没有“近替”

西湖面馆

经营20多年却大隐隐于市，作为本地人的“食堂”，这家浦庄的老字号面馆深受推崇，饭点的时候能凭一己之力给小镇营造出热闹的气氛。

说起特别之处，其他面馆很少如西湖面馆这样仍在店里自行加工压制面条的，店里做出来的是2毫米见宽的小宽面，和别家常见的细圆面略有区别。用老客人的话说：“这家面馆的面汤挺普通的，但是这面条特别筋道，浇头好，我们这儿的人几乎都知道这家面馆。”

面浇头种类还是很丰富的，推荐两道招牌面：鳝丝拌面和小肠面。早晨如果不想吃得过分油腻，清炒肉丝汤面就很清爽。

TIPS

地址：吴中区临湖镇浦镇街143号（邮政局南50米）

营业时间：5：00—13：30

点评：自家店里手工擀面，且吃且珍惜

莘子阁面馆

这家位于东山中学旁的面馆，虽貌不惊人，却深受当地人的喜爱，算得上是当地的网红面馆了。品尝一碗店内的虾仁面会让你的旅途锦上添花，面上铺了满满一层手剥虾仁，售价仅18元。虾仁现剥现炒，颗粒饱满Q弹，非常新鲜。

除了虾仁面，店里的三鲜面也很受欢迎，浇头里包含了河虾、肉皮、焖肉、香菇等多种食材，用料十分足。如果冬天来这里，还能吃到东山特色的白切羊肉面。

吃完饭可以去距离不远的雨花胜境游玩，享受山间清爽的风，聆听百鸟鸣叫，观赏流水潺潺，真的“琼灵噶”！

友情提醒：秋天时，门口银杏树下是吃面的最佳景观位。

TIPS

地址：吴中区东山镇莫厘路138号（东山中学旁）

营业时间：5：00—13：30

点评：超值版手剥虾仁面找到了

太湖一碗面

来太湖赏秋，有人为了一筐洞庭红橘而来，有人为了一块东山荷叶包羊肉而来，也有人，为了太湖一碗面而来。

若说面和汤是苏式面的底子，那么，浇头一定是苏式面的面子。太湖一碗面主打素肉双浇，秘制素肉加秘制红烧肉组合而成的双浇，新奇又美味。素肉作为浇头，味道毫不逊色，入口轻咬还会爆汁；红烧肉色泽艳丽诱人，鲜甜的口感让嗜甜的苏州人为之疯狂！

TIPS

地址：吴中区墅里路2号（苏州太湖高尔夫酒店中餐厅）

营业时间：工作日11:00—14:00，17:00—21:00；周末11:30—14:30，17:00—21:00

点评：有人为了这一口，驱车几十千米

TIPS

其他一些选择

廊桥奥面馆

地址：吴中区甪直古镇南市下塘街43-1号

营业时间：7:30—18:00

太湖面馆十八浇

地址：吴中区光福镇渔港路与湖中路交口东行150米路南

营业时间：8:30—23:00

太湖十九浇面庄

地址：吴中区光福镇渔港路渔港村广场

营业时间：8:00—20:00

临湖面馆

地址：吴中区临湖镇银藏路1597号

营业时间：6:00—20:00

姑苏爊鹅面

地址：吴中区越溪街道旺山生态园环秀晓筑度假酒店

营业时间：11:00—13:30，17:00—20:30

渔洋山状元面

地址：吴中区渔洋山景区渔洋阁

营业时间：8:30—17:00（16:50景区停止入场）

雕花楼食府老汤面

地址：吴中区东山镇紫金路58号

营业时间：7:30—9:00

东山宾馆奥灶面

地址：吴中区东山宾馆讷忆湖轩

营业时间：7:00—22:00

冬季篇

大片感！吴中水杉红了

初冬时节，被誉为植物界“活化石”的水杉完成了从翠绿、金黄到赭红色的渐变，层林尽染，色彩斑斓，一眼望去，灿若朝霞。

水杉无疑是这个季节里低调却绝美的存在，叶子细长，树干笔直挺拔，一半湖水，一半红杉，仿佛是大自然精心创作的油画。

这份专属于初冬的浪漫说来就来，但也转瞬即逝，有空来寻找散落在吴中的水杉美景吧！

水映长滩湿地

水映长滩湿地水杉成片，鸟儿时而从林中蹁跹而起，时而又俯冲入水，激起阵阵清波。在阳光的照耀下，水杉红色的叶子显得更加绚烂夺目，如同一片熊熊燃烧的烈火，点亮了整个湖面。从空中俯瞰，大自然将所有色彩都运用得恰到好处，红色的水杉与蓝色的湖水，成为这个季节限定的风景，让人不禁感叹，原来冬日也可以如此诗情画意。

地址：吴中区金庭镇碧玉榭附近

太湖湖滨国家湿地公园

进入冬季，太湖湖滨国家湿地公园的杉树渐渐变红，湖水悠悠，候鸟翔集，构成了一幅美丽的初冬画卷。寒风拂过，水杉树呈现出不同程度的红色，浅红、深红、橘红……这些颜色交织，美丽动人。

淡雅素洁的芦花也在此时迎来了最美的时刻，以优美的身姿映衬着火红的水杉、蔚蓝的天空和太湖地标水风车，为冬日的湿地增添了一份温情和柔美。沿着湿地内蜿蜒的木栈道走一走，赏水杉美景，呼吸新鲜空气，感受湿地野趣，十分惬意。

地址：吴中区胥香路和环太湖大道交叉口西南角

太湖新天地生态休闲公园

太湖新天地生态休闲公园成熟明艳的杉树有着古木参天的庄严，又有着“杉杉”来迟的浪漫。水杉的红，静谧又深邃。行走在水杉林间，一步一景。泛黄的树叶一层层地晕染上一抹红色，在阳光的照射下，纤细秀美的枝叶显得更加色彩明艳。水杉前延伸出一片宽广的草坪，是理想的露营地。在这里搭起帐篷，席地而坐，野餐赏景，抑或走向烧烤区，享受一顿美味的户外烧烤。饱餐一顿后，躺在帐篷中小憩，享受梦幻般的惬意时光。

地址：吴中区环太湖大道108号

林渡暖村

在林渡暖村可以乘小火车穿梭在水杉林间，以不同的视角感受冬日水杉的诗意与浪漫。鸣笛声响起，沿着充满乡土气息的小铁路，穿过色彩斑斓的水杉林，慢享20分钟的悠闲自在，每一秒都如诗如画。伴随着“渡渡”号或“暖暖”号驶向静谧的深处，浓郁的童话气息扑面而来，暖村冬日的浪漫氛围直接拉满。

地址：吴中区横泾街道横港河路与203乡道交叉口

环太湖大道光福方向

初冬时节，很多地方都已尽是沉寂之色，而这条公路两旁的水杉却绽放着最火红的光芒。行走其间，感受着水杉绚烂的生命力与沉静向上的力量，让人怦然心动，如痴如醉。

与其他道路明显不同的是，“太湖蓝”两旁的水杉挺拔修长，展现出特有的魅力，在阳光下更显灵动。行驶在路上，车窗外逐一呈现在我们眼前的是湖水、阡陌、湖鸥……一切如此静谧，让人恍若置身于一个远离尘嚣的世外桃源。

地址：吴中区环太湖大道光福方向

独墅湖生态公园

独墅湖生态公园里的水杉树，在这个季节静谧而低调。一排排水杉悄然变色，与周围景色交织，互相映衬。一棵棵挺拔的水杉树，渐次呈现出不同的色

彩。水杉在湖面上的倒影，仿佛是一个镜像的平行世界，如梦如幻。在阳光的照射下，这片水杉林充满温暖的气息，美得惊艳，置身其中，仿佛成了画中人。

地址：吴中区郭巷街道郭新东路与东方大道交叉口

尔滨，来吴中要不

心里住着小星星，生活才会亮晶晶。“速冻”的冬天，运动是较好的驱寒方式。没时间去哈尔滨体验冰雪世界，就陪娃在吴中的乐园里开启美好的时光之旅吧。梦幻般的童话秘境，超多创新升级的玩法任你选择！在人间烟火最浓郁处，我们一起发现美好，品味诗意。

森林林 Forestin 乡村亲子俱乐部

森林林由5座木屋城堡组合而成，原木色和白色营造了浓郁的北欧气息，带你走进童话般的乐园世界。

城堡外有可容纳百人的草坪。草坪上有泥巴厨房、淘矿工厂、阿基米德水系、小小建筑师工地、小农夫试验田等体验式项目。

专门从青岛运来的白沙，细腻光滑，妈妈再也不用担心小朋友光脚玩耍会磨脚啦！还有摇床、躺椅、秋千等各种设施供小朋友玩乐，爸妈只管“躺平”就行了。

城堡专门设置了一个大大的滑梯，让小朋友体验飞一般的感觉，应该很受小朋友的喜爱。偷偷告诉你，滑梯下面还有一个秘密通道，等你自己来探索哟！

如果想玩点新奇的，可以去到森林林专属的无动力乐园，沙、石、泥、树等天然的元素构建出了一个贴近自然的小小天堂。

大片落地窗和天窗，宽敞的用餐区让人眼前一亮。餐厅选取的食材也是暖村菜地里的，现采现做，连餐桌上的鲜花都是在田地里采摘的。

对了！有个大型攀爬架可以直接从一层餐厅攀爬至二楼蹦床区，玩累了就直接住在星空木屋里，到了夜晚抬头就是星光，一定很美妙吧！

地址：吴中区横泾街道上林村西林渡9号

洛嘉部落

洛嘉部落包含了洛嘉森乐园、行星花园、洛嘉亲宠森林、旺山巧克力博物馆等一系列人气爆棚的儿童空间和主题乐园。

洛嘉森乐园是苏州首个室内外无动力双乐园，淘气树屋、丛林市集、蓝猫沙丘、海洋球、蹦床、动画放映室、三重滑滑梯、小牧场等项目让大朋友、小朋友们都可以全方位享受亲子游玩的乐趣。

户外探索乐园则将溪流、台地乐园等场景有机融合，在玩乐的同时体验与自然融为一体的乐趣。

行星花园是一座不打农药的花园，汇聚了玫瑰花园、化石挖宝场、蝴蝶谷、香草花园、虫族世界、多肉植物园6个板块。

洛嘉亲宠森林是利用林下空间打造的宠物游乐园，不仅有毛茸茸的猫猫和兔兔，还有洁白又可爱的柯尔鸭，以及一只超亲近人的宠物羊“发发”。

这里还有全国首个巧克力主题的博物馆，卢浮宫馆内1∶1复刻的法国卢浮宫馆，中国馆内的“太湖窑”“三星堆青铜器”“元青花瓷器”等各式各样用巧克力制作的艺术作品给小朋友带来全新的视觉盛宴。

地址：吴中区越溪街道旺山景区旺山遇见卢浮宫内

树间跳动森林里探险乐园

树间跳动森林里探险乐园是一个1.2万平方米的森林探险乐园，森林探险运动集探险、运动、娱乐、挑战于一体。通过在树上设置的各项游戏环节，从一棵树到另一棵树，形成难易程度不同、风格各异的树上探险游戏项目。

穿越网道、树桩漫步、跨越波浪桥……让自己放空，像鸟儿一样自由，这就是森林探险运动的奇妙之处。

周边有个网红咖啡馆“呼吸森林”，可以顺便去打卡。

地址：吴中区临湖镇腾飞路1288号

苏州梦幻乐园

占地超2万平方米，有30多种刺激的游乐项目，大朋友和小朋友都能在这里放肆“嗨”玩一整天！

一起坐上摩天轮，感受慢慢升高的乐趣，可以从高处俯瞰苏州的绮丽景色。要是到了傍晚，摩天轮灯光开启，夜景更加梦幻。

转圈自行车，一人蹬车，多人跟车，乐趣无穷。

魔幻绳网，多种玩法，多种形式，是无动力的天地。

蹦蹦云！蹦！蹦！蹦！根本停不下来。要是想玩刺激的项目，海盗船千万别错过！

地址：吴中区胥口镇苏福路与孙武路交会处西200米

绝美顶流！吴中12月的TA

时间拨向初冬时节，吴中有几处“雪景”已悄悄上线。芦苇摇曳，诗意盎然，仿佛荡起“千层雪”，这个冬天跟着小吴开启一场初冬的浪漫之旅吧。

东吴塔与芦苇

“蒹葭苍苍，白露为霜。”如果说夏天的荷花是最娇艳夺目的风景，那秋冬的芦苇就是最具诗意的画卷。

其实芦苇荡的景观大多相似，但有了不同背景的衬托，就呈现出了不同的意境。耸立的地标建筑东吴塔旁点缀着几丛芦苇，宛如行走在城市间偶遇的“小确幸”。

太湖与芦苇

暖阳普照，高高扬起的芦苇花彰显出高雅迷人的风姿。如果说太湖是大地的眼睛，那么簇簇芦苇便是美丽的眉毛，太湖因芦苇而更富灵气。

成片的芦苇花恰似雪漫沃野，成了冬日太湖畔的主角，将冬日的氛围感拉到极致。

水鸟与芦苇

冬日寒风，吹谢了百花，吹落了树叶，吹开了芦花，也吹来了越冬的水鸟，此起彼伏的鸟鸣声不绝于耳。

晴朗的天空下，金黄的芦苇荡里，波光潋滟的湖水中，寻声而去，只见一群机灵的水鸟在芦苇间穿梭、觅食、栖息、追逐、嬉戏，快活又恣意！幸运的话还能遇见几只小天鹅。

● 日落与芦苇

摇曳的芦苇遇上金灿灿的夕阳，便交织出一幅温馨动人的画面。傍晚时分，夕阳斜照，霞光辉映，成片的芦苇被染成金粉色，一时竟不知道是夕阳更红，还是芦苇更美。

找一个晴朗冬日的午后——记得提早一些，因为冬季的日落早——拥抱一处湖边的芦苇地，等待阳光在它身上描出金光，切记动作一定要快！因为落日不等人。

TIPS

拍出唯美照片的小技巧

1. 逆光拍摄

当光照角度较低，可以采用逆光拍摄的方法，对画面最亮的地方测光，就能拍出芦苇的金色光晕，让画面主体与背景分离。

2. 调整色温

想展示湖面的澄澈，可以将色温值设置得低一些，这样画面就会显得干净清新。想增加冬季的氛围感，可以将色温值设置得高一些，会给人温暖的感觉。

3. 使用大光圈

能让湖面在镜头下形成光斑，产生一种波光粼粼的唯美氛围。

吴中芦苇拍摄地推荐

环太湖大道

太湖湖滨国家湿地公园

寿桃湖

在宠物友好空间，感受吴中的温度

从“女明星”大熊猫花花到“刷屏”互联网的“吗喽”猴子，再到情绪稳定的“卡皮巴拉”水豚，这届年轻人开始流行起了逛动物园。与此同时，许多“铲屎官”们也开始拓展宠物社交地，无论独处还是三两好友相聚，有宠物相伴总能带来更多趣味和温暖。

备受欢迎的宠物友好空间，不仅是宠物爱好者们的聚集地，也体现了一座城的人文温度和文明的程度。

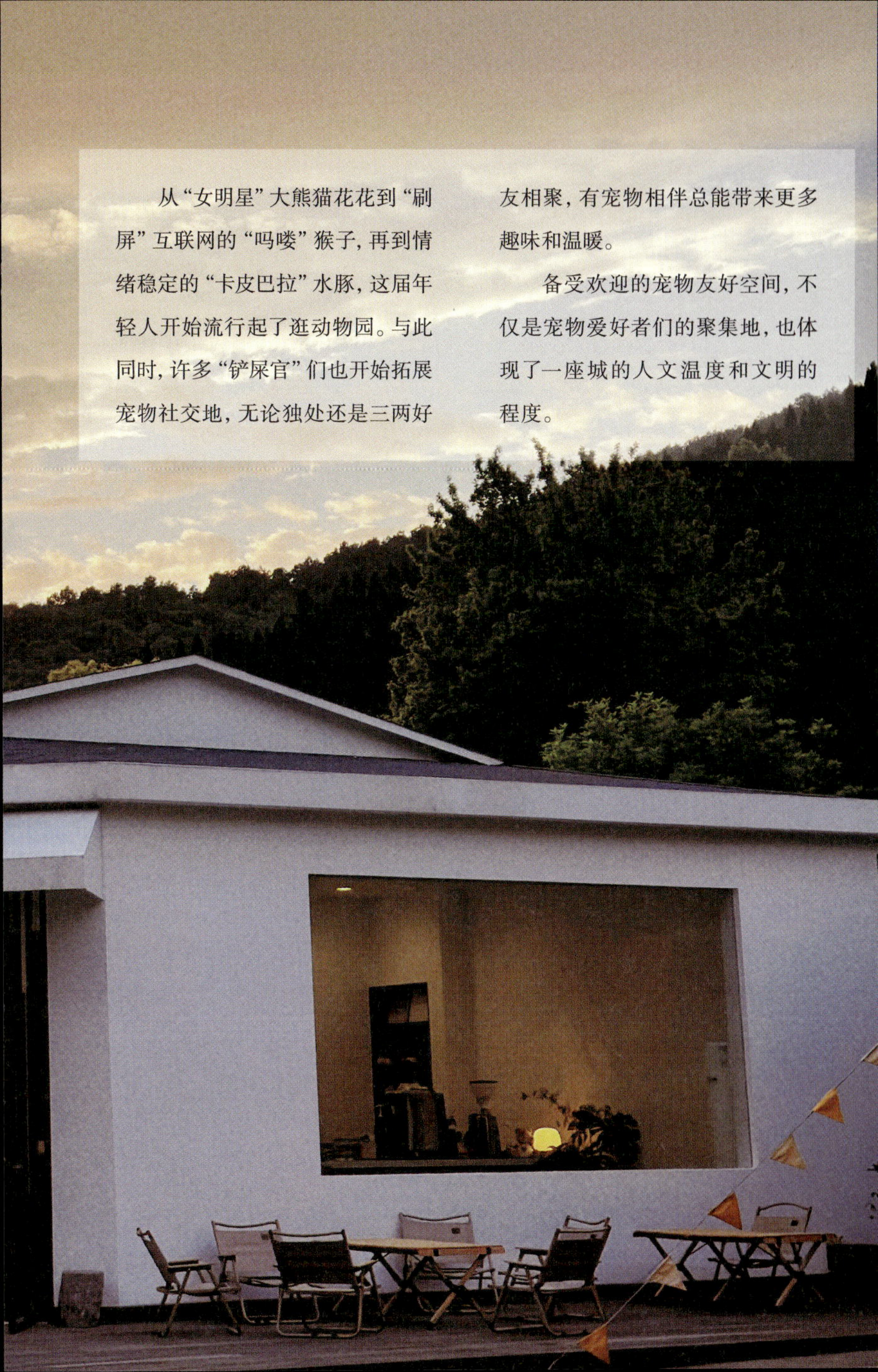

宠物友好咖啡店

入春山院子

两个“90后”女生开的小院，是咖啡店也是民宿，整个空间绿植密布，每一处都是精心设计的。一楼和庭院为下午茶区；二楼作为民宿，一共3间房，可以带宠物入住且不收宠物清洁费。

这里非常适合周末小憩，话说在民宿里给狗狗过一个特别的生日也是不错的呢！

G42 咖啡

每逢初冬时节，穹窿山上色彩斑斓，美不胜收，G42咖啡就藏在穹窿山脚下。

2000平方米的场地以户外庭院为主，专为快乐玩耍精心打造。店里有胖萌的萨摩耶、帅气的缅因猫，不少人会专门带上自家的“毛孩子”来这里进行友好交流，结识新朋友。在“哈基米”的陪伴下和漫山遍野的绿意中，心灵瞬间被治愈了。

早晚有猫咖啡

位于漫山岛的一家猫主题咖啡店，店里的装饰摆件都有猫咪元素，透着一丝俏皮可爱。起初，这家咖啡店里还没有真的猫咪，但如今已多了一只“英短”，真是应了店主“早晚有猫”的心愿。

店里主要有拿铁、美式、卡布奇诺等各类特调咖啡饮品，原本的灶台重新粉刷后被作为猫爬架。一只猫咪，一杯咖啡，开启一段柔软的太湖时光吧。

宠物
友好
Pets allowed
写给下一位
TO THE NEXT PERSON

“萌宠天团”大集结

西山岛开心农场

西山岛开心农场可谓一座小型的动物园，松鼠、羊驼、梅花鹿、麋鹿、斑马……在农场遇见一场欢乐萌宠大咖秀，还能和又萌又帅气的小马互动一波，喂一喂可爱的小动物。

小斑马“霹雳小子”在出生后的100天里都跟在妈妈身后，努力学做合格的斑马，每天还有游客跟它互动喂食，它开心得不得了。

农场内的粉色沙滩、无动力项目和彩虹飞机滑道也都是非常出片的打卡点。

萌宠纪

姑苏二十四集内有一个叫“萌宠纪”的区域，约900平方米的室内宠物园包含了多个趣味主题馆——百鸟园、豚馆、Mini萌宠馆、爬宠馆、土拨鼠馆等。

这里齐聚了水、陆、空各路“大咖”，有的可爱，有的顽皮，有的神秘，它们时不时会与你亲密互动哦！

Mini萌宠馆的一群可爱的小家伙们光看看就能萌化你的心；百鸟园的虎皮鹦鹉相貌秀丽，顽皮可爱；松鼠馆里俏皮可爱的小松鼠跳上跳下忙个不停。萌宠们的小日子过得真是美滋滋呀！

还有性情温和的小仓鼠，大名鼎鼎的羊驼，憨态可掬的土拨鼠和小香猪，来这里感受与萌宠互动的乐趣，重拾孩童时代的快乐时光吧！

TIPS

冬日太湖观鸟胜地　太湖湖滨国家湿地公园

生态好不好，鸟儿最知道。观鸟是冬日出游的趣味之一，也是喧嚣的城市生活中的一种心灵的慰藉。每年都有数以万计的越冬的鸟儿来到吴中太湖畔栖息。

鸟儿们或飞翔，或戏水，或觅食，构成一幅与自然和谐共生的美丽画卷。吴中太湖是鸟儿的乐园、观鸟的胜地。

太湖湖滨国家湿地公园是名副其实的“鸟类天堂”。每年11月，“明星物种”小天鹅会跟随西伯利亚寒流一起抵达太湖，在这里一直待到次年2月才北飞。

太湖开阔的天地是红嘴鸥释放天性的好去处，红色的嘴、脚，素雅的白羽，黑灰色尾羽为波光粼粼的冬日太湖增添了动人的色彩。

中型游禽骨顶鸡像小野鸭一样在开阔的水面上自在游泳，每年到来的数量十分庞大。

太湖湖滨国家湿地公园记录过不少珍稀鸟类，截至目前，共监测到鸟类200余种，有国家一级保护动物青头潜鸭，国家二级保护动物苍鹰、鸳鸯、林雕等。湿地里水鸟数量众多，记录的骨顶鸡的数量就超5万只。

在漫山岛、丽波湾、阴山岛、长岐公交站、潭东（东乡头）公交站附近不时能遇见白鹭，在三山岛湿地附近还有苍鹭、绿头鸭、鸳鸯等活动。

这个冬天总要来吴中太湖畔观一次鸟吧。鸟儿没有失约，希望你也是哦！

好冷！来吴中泡宝藏温泉

没有在吴中泡过温泉的冬天是不完整的。吴中的宝藏温泉地，热气氤氲，极具温馨与雅致的氛围，用一场温泉之旅和吴中的初冬打个照面吧。

天颐温泉

被竹海环抱的天颐温泉，室内外共有大小温泉36池，彼此之间以花草树木分隔，保证了顾客的隐私，附近也很安静。

这里有本草、香薰、至尊、理疗、原味、休闲6个泡汤区，假山、瀑布、小桥流水穿插其中。置身于美景之中泡汤，更觉雅致温馨。

在热腾腾的汤池里任由附着矿物质的水汽凝挂在睫毛根部，静静体悟大自然的呼吸，惬意又美好。

对了，网红漂浮下午茶绝对不能错过！热带风格的藤编漂浮篮配上颜值超高的下午茶甜点，让你的身心和胃得到多重满足。

地址：吴中区越溪旺街58号环秀晓筑养生度假村

龟伏温泉

依山势而建的龟伏温泉是牛仔风情度假村里一处集温泉体验、温泉水游乐、温泉度假、温泉养生于一体的综合温泉区，这里不仅拥有健康的水质，更有优美的环境。面朝大龙潭，背依大龙山，风光旖旎，山水兼得。

泉水采自太湖地下1500米深处的地底岩层矿物质热泉水，富含硅、氟两种重要的微量元素，常年出水温度维持在45℃—48℃，泉水pH值为7.84，呈弱碱性。

26个温泉泡池分布于室内外，星罗棋布，错落有致。有高温池、常温池、低温池、冷泉池、冬泳池以及瑶药泡池，不同的泡池带来不同的体验。

位于龟伏温泉区的汤屋拥有独立花园、美人汤池，是专属的私人空间，拥有足够野趣，又有一定的私密性，一呼一吸间尽是自然的馈赠。

这里更有汗蒸理疗等完善的温泉配套设施，让浮躁的心找到归宿，让疲惫的身体得到放松，让一切慢下来。

地址：吴中区太湖西山岛金庭镇消夏湾牛仔风情度假村

情侣池

富安健康水疗中心

位于太湖高尔夫酒店三楼的SPA中心，资深巴厘岛技师在此恭候。一出电梯就有薰香绕鼻，在暖色调灯光的照射下，给人一种慵懒闲适之感。

空气中飘满了精油和香薰的气味，耳边萦绕着悦耳的流水声与轻缓的音乐。窗外，太湖的自然风光尽收眼底，来自巴厘岛的技师用温柔指尖的魔力带领你进入美妙的天堂。

室内拥有温泉泡池，冬天寒冷，泡个暖暖的温泉才过瘾。

地址：吴中区墅里路2号苏州太湖高尔夫酒店

“太湖故事”温泉主题公园

“太湖故事”温泉主题公园拥有怀旧风格的日式庭院及日式枯山水特色温泉，共有22个汤池。

养生汉方区的汤池分别放置了老姜、艾草、藏红花、当归、芦荟、人参等名贵药材作为汤池原料。

扇形池是美容养颜区，采用了红酒、牛奶、古醋等原料辅以纯净无污染的太湖水，充分满足现代人减压、保健、美容的需求。

净身区有6个净身缸，均采用流动活水，缓解肌肉酸痛，使表面肌肤更加润滑富有弹性。

地址：吴中区环太湖大道3888号苏州太湖诺富特温泉酒店

最美年宵花，藏在吴中“花花世界”里

岁末年初，许多人都会选择用一束鲜花迎接新年的到来。现在去买年宵花，刚好能在盛开的花朵中迎来新年呀！大吴中抢占新年C位的花花都有哪些？在哪里买花最划算？一起来看看吧！

一心园蝴蝶兰基地

坐落于吴中区临湖镇湖桥村的一心园蝴蝶兰基地是苏州大型的蝴蝶兰基地，自2008年开始运营，目前商品蝴蝶兰的品种有100多个。

走进4000平方米的大棚，第一感受便是暖意阵阵，五彩斑斓的蝴蝶兰整齐地排列在花架上。这里的蝴蝶兰单株售价在30—50元不等，组合盆栽售价为200—500元。

基地卖得最好的品种叫“马卡龙”，是用从荷兰引进的“活体染色”技术培育而成的，有深蓝、浅蓝、紫色、绿色、淡黄色等颜色。马卡龙蝴蝶兰的根茎在生长时因吸收了足够多的天然色素，所以花瓣呈现出各种色彩，让蝴蝶兰在不影响花期的情况下变成五颜六色的样子，填补了传统蝴蝶兰颜色方面的空白。马卡龙蝴蝶兰一出现便脱颖而出，成为蝴蝶兰市场一道亮丽的风景，深受年轻人喜爱。

特别流行的“大舌头”系列蝴蝶兰花舌较大，更有观赏性，比如条纹密布的“情丝”、粉白相间的“精灵鱼”等。

除了商品蝴蝶兰之外，基地还保存了近2000个品种的小众蝴蝶兰，其中包含了蝴蝶兰的原生种。

TIPS

蝴蝶兰挑选方法

看花苞：购买时，要挑选花色纯正，光亮新鲜的蝴蝶兰。如若家中常开空调或地暖，则可选择花蕾较多，而且已经开了部分花的植株。另外也要注意花期，盛开的蝴蝶兰花朵通常能开1个月。

看兰叶：买花先看叶，叶色纯正、碧绿的叶片是花卉健康的最主要特征，有黄叶及病斑的不能买。一般要选择有三四层叶片，且叶片厚、有光泽的。

看花盆和配土：在挑选时，还应该注意它的花盆和配土，把花盆拎起来时如果感觉比较轻，那么里面可能放了泡沫，不宜购买。对于蝴蝶兰的配土，则主要选择营养土、腐叶土和松针土。如有裸露在盆外的根须，则可以进行观察，如果根须颜色洁白，且粗长茁壮，则说明植株比较健康。

苏州藏书花木市场

木渎镇藏书片区有一个大型花卉苗木市场，占地面积23.33万余平方米，营业面积近20万平方米，内设花卉区、景观苗木区、私家庭院景观等多种专业交易区，形成了庭院设计、花卉种植、绿化、养护等一条龙服务，是苏州地区规模最大、档次最高的花木市场。

花木市场南临230省道，距沪宁高速、苏嘉杭高速、312国道等主要道路约6千米，交通便捷，集精品苗木展销和旅游休闲观光于一体。这里的年宵花种类繁多、价格实惠，是许多家庭团购的首选之地。

TIPS

热门年宵花

红掌：红掌又称“花烛”“火鹤花”，花姿奇特，花期持久。红掌的寓意为大展宏图，花朵鲜艳亮丽，像是燃烧的红心一样，象征对未来充满了期待和向往。一盆红红火火的红掌摆在家里，就像燃起一盆温暖的炉火，热情而灿烂，给新的一年增添喜庆气氛。

红玉珠：寓意为硕果累累、金玉满堂、年年有余。绿叶红果交相辉映，家里养上几盆，给人一种喜庆美好的感觉，是优良的室内观果珍品。一串串红红火火的果实代表喜庆和丰收，摆放在家里添福又添喜，红红火火迎新年，用来送给亲朋好友——合适！

宝莲花：又叫“珍珠宝莲”“美丁花”，是一款仙气飘飘的观赏花卉。粉红色的花序一朵朵反折倒吊在花盆中，花形酷似一盏盏美丽的大宫灯，华丽而不失端庄，浪漫又不失大气。宝莲花寓意为华美、神秘，花姿奇特，典雅秀丽，文艺范十足，观赏价值极高，家里摆放一盆，高端大气上档次！

除了蝴蝶兰、红掌、红玉珠、宝莲花4种大热的年宵花，这里还有仙客来、八千代、生命树、紫玉珊瑚、银蕨、兜兰等美丽的花卉苗木，小众和大热门，你更爱哪一款？

TIPS

吴中年宵花采购指南

一心园蝴蝶兰基地

地址：吴中区湖谐路33号

苏州藏书花木市场

地址：吴中区穹灵路998号

胥口采香泾花木市场

地址：吴中区胥口镇新苏福路1399号

东方花博园甪直花市

地址：吴中区柯福路3号

馋哭！吴中人离不开的年味

传统美食承载着浓浓的年味和家的温馨，独特的烟火气中，氤氲着年节的满足感与幸福感。春节是从腊月起的拾掇忙活，是正月里的飘香欢喜，是岁尾年终之时的美味佳肴，是新故相交之际的红火气象。故土芬芳、耳畔乡音、舌尖味道，有了它们，才有了吴中的年味。

- **万物皆可“腊”**

腊月里，角直家家户户开始晒腊肉。一串串深褐色的腊肉排列整齐，成为黛瓦屋檐下独特的风景线。腊鱼腊肉、腊鸡腊鸭……总之，万物皆可“腊”。

制作腊肉，盐抹多少、花椒放多少，每家心里都有自己的一杆秤，一双手是最精准的，让每年的味道保持一致。这既是年的味道，也是家的味道。

一方方沐浴在阳光中的腊肉，色泽红润，肉身干爽结实，令人垂涎欲滴。吴中的年味便在深冬温暖的阳光下风干，转化为餐桌上必不可少的腊味。腊肉的咸鲜中，是浓缩的年味，亦发酵着幸福的味道。无论是清蒸还是炖汤，咸鲜的风味都能为菜肴增色不少。

有了腊香，才有年味。

● 年味就要“酱”

蹄髈不是家常菜，是逢年过节宴请宾客时的压轴菜，寓家肥屋润之意。

临近年关，香山街道一家小店门口人头攒动，一只只色泽红亮、味道浓郁的酱蹄髈从这里走向老饕们的餐桌，为吴中的年味增香添色。清洗、去杂毛、焯水、下锅酱制……十几道工序循环往复，再经过数小时柴火慢炖，揭开锅盖的瞬间，喷香扑鼻。慢工细活做出来的蹄髈浓油赤酱，肥而不腻，入口即化，让人齿颊留香。

太湖之畔渔洋山脚下的“香山福蹄”（吴中区香山街道太湖旅游中等专业学校北50米、山沿路北），门面不大，没有宣传广告，却靠着口口相传的古老方式赢得了好口碑，年味便也在这烟火气中渐渐升腾起来，在这人来人往中慢慢浓烈起来。

甜一甜才叫过年

糕团是鱼米之乡的吴中庆祝年节必不可少的充满仪式感的美食。将洁白的糯米粉加水揉搓成团，加入红糖制成糕，或是加入萝卜丝、鲜肉、豆沙等制成团，在蒸笼中蒸熟，团团圆圆的年味便在其中丰盈。糕团不只是一种食物，亦是岁月沉淀下来的生活至味。软糯的糕团是过去一年辛勤劳作的成果，也是代代相传的年味记忆。

吴中人记忆里的年味，必定要有一块热气腾腾的猪油糕，蒸汽中弥漫着香甜，入口时得见乾坤，绵密软糯，枣香浓郁，猪板油肥而不腻，实为心中不可磨灭之滋味。

过年怎么少得了最传统的苏式点心？乾生元的枣泥麻饼色泽金黄，甜而不腻、香而不焦、油而不溢，松脆可口中呈现出江南的独特风味。还有松仁粽子糖、金橘蜜饯、酥饼、酥糖、桃酥、绿豆糕……各式各样的苏式小吃装满了整个糖果盘，都是为除夕守岁和看春晚准备的小零食。

过年想吃点或者送点不一样的小伙伴可以看过来了——《繁花》掀起的老上海复古风都体现在了苏州太湖万丽酒店出品的创意蝴蝶酥里，有抹茶开心果味、黑巧克力杏仁味和白巧克力蔓越莓味3种口味，一口酥脆甜蜜。

TIPS

甜蜜店铺推荐

吴芳斋：
吴中区甪直镇中市街46号

鑫园坊：
吴中区甪直镇西汇上塘街7号

藕粉大糕：
吴中区甪直镇西汇下塘街30号

乾生元：
吴中区木渎镇山塘街55号

苏州太湖万丽酒店：
吴中太湖度假区墅里路6号

逛吃篇

超美！吴中看水好去处

吴中水网密布，河湖众多，20多条骨干河道纵横交错，沟通太湖、澄湖、独墅湖、镬底潭、九里湖、黄泥兜、石湖、黄家荡等湖荡，河流蜿蜒而过，孕育美景无数。

太湖　天堂之美在于太湖美

太湖是苏州的“母亲湖”。吴中坐拥五分之二太湖岸线、五分之三太湖水域，太湖43座岛屿有37座在吴中。太湖风光美，一半在吴中。

环太湖1号公路，全长186千米，成为人气爆棚的旅游路线！

香雪海看梅、窑上村折桂、园博园赏樱，紫金庵访古、雕花楼品茗，缥缈峰徒步、林屋洞探秘，渔洋山登高远眺、“太湖蓝”惬意骑行……个个都是热门玩法。

吴中东太湖，“城市微度假”的理想目的地，请看这里。

网红天鹅岛露营地拥有湖岸草地；去新晋宝藏文艺打卡地“橙天嘉禾剧场”观看国内首部影秀剧《信仰》，会被360度沉浸式舞台深深震撼；苏州湾歌林公园，把“最江南”的诗意与“最会玩”的活力融为一体。

澹台湖　有澹台灭明者，行不由径

运河流向广阔天地，澹台湖流进吴中人心里。澹台湖连接石湖与吴淞江，是太湖东北方向的泄水口，宽三四百米，水流在此经大运河并入吴淞江而出海。据记载，该湖是因纪念孔子弟子澹台灭明在此讲学而得名。

在澹台湖公园寻找生态之美，花20分钟让花草树木充满内心；逛逛吴文化博物馆，从现实穿越到远古；去宝带桥看“宝带串月”的奇观，领略京杭运河的古韵今风；最后打卡宝藏公园——宝带桥公园。

胥江　胥江流水清无底

说起大运河苏州段，绕不开运河古道——胥江。胥江，西起太湖胥口，经木渎到横塘与京杭大运河相接，全长17千米。

当夜幕降临、忙碌者夜归时，胥江的故事卷轴好像才徐徐展开。胥虹桥上灯光璀璨，桥边有音乐喷泉、水幕电影、健身步道……夜游胥江，两岸被华彩装点，多姿的光影璀璨夺目、如梦如幻。

山塘河　香溪河边枕水人家

木渎的山塘河又名“香水溪”“香溪河”。从吴越春秋起程，跋涉了2500多年。

香溪河里摇橹船儿轻舟逐浪，船娘哼唱着吴音小调，这一幕别具江南风情。山塘街上古迹名胜众多，严家花园、虹饮山房、古松园、榜眼府第、御码头、明月寺……每一处都值得看看，每一眼都是故事。

尹山湖　天光云影多变迁

尹山湖位于郭巷街道，北靠独墅湖，东近苏州工业园区，水域面积约165万平方米，旧名“尹山淹”，整体形似一个巨大的蓝色爱心。

周边有小众文艺打卡地尹山湖美术馆、江南国风市集“天花板”——本色东西桥市集、新晋网红店舶来咖啡、夏日里绿意更浓的“苏州最具人气体育公园”——尹山湖运动公园。尹山有湖，你一定要去看看！

寿桃湖　一颗蟠桃落人间

寿桃湖，又名“沐春湖”，南北长800米，东西宽300—500米，占地约26.67万平方米，因湖边有山，形似寿桃而得名。湖水清澈幽深，被称为苏州人自己的“小桂林”。

从曾经的采石宕口变为如今的城市绿肺，这里已成为充满诗情画意的生态公园，这里山水相映、野趣盎然，为闹市里的僻静之地，是健身、休闲、游玩的好去处。

澄湖　不是阳澄湖

澄湖，又称“陈湖”“沉湖”，正如其名，澄澈如镜，位于角直古镇南面。沿岸的农田和果园星罗棋布，湖畔林木茂盛，花草繁茂，景色宜人。

在澄湖西岸的水八仙生态文化园，品尝脆嫩爽口的水八仙，尽享乡野之趣。园内还可以骑马、开卡丁车，英姿飒爽，酣畅淋漓。

傍晚时分前往角直古镇开启夜游之旅，打卡全新推出的《锦夜·青靛角直》夜游秀，看汉服雅聚，将江南美食、古镇浪漫和千年历史完美融合成一场盛宴。

东、西崦湖　双湖不让太湖美

光福镇东、西两翼各有一片美丽的湖泊，分别叫“东崦湖”“西崦湖”，又分别称为“上崦湖”“下崦湖”。崦，乃太湖之水汇流山间淹没陆地而成。

夏日湖边，一股股清新的幽香扑鼻而来，让人心旷神怡，美翻整个夏天。难怪唐伯虎都要在此挥毫：“东崦荷花西崦菱，大船渔网小船罾。我侬住处真堪画，借问旁人到未曾。”

徐徐湖风让人沉醉，日落时的金色湖面甚是好看！

对了！西崦湖中有一小岛名为“浮庙墩”，远望就像一颗心的形状，也被称为“爱心岛”，很是浪漫。东、西崦湖，真的有点东西！

天王坞　西山岛上的“小九寨”

天王坞，集乡间野趣和自然风光于一体的绝色山坞，环境幽静，以茶叶最具盛名。天王坞水库长约110米，底宽84米，水深处9米。水库三面环山，水质清冽，碧绿如翡翠，被称为“小九寨沟”。

徒步在天王山步道上，青山环绕，明镜般的湖面倒映出天光云影，抬头看天、低头望水，处处是绝美的生态画卷。朝着清澈的水面，放空一下也极好。（提醒：水库水深危险，请游客注意安全，不要靠近水边，切勿下水游玩。）

吴中好山好水，人杰地灵，除了以上这些，还有圣湖、木光河、北塘河、天池、元山宕口……不愧是“水做的吴中”，太水灵了吧！

吴中这几条路，
“卷”出了不一样的美

这年头，万物皆可“卷”，甚至连马路都在“卷”。行走在吴中那些“卷”起来的路上，不管是I人（性格内敛、内向的人）还是E人（性格比较外向的人），都能找到几分惬意。不信？那就亲自去逛逛吧！

"卷"起来的环太湖1号公路：一路曼妙风景的松弛感

穿梭于太湖山水中的这条186千米的公路，将一众太湖景点串珠成链，沿途盈盈碧水、脉脉青山、渺渺湖岛尽现眼前。环太湖1号公路的冬天没有萧瑟，只有别样的斑斓色彩。

绵延26千米的"太湖蓝"骑行专用道，道路蜿蜒起伏，两旁树木林立，山色、树影、湖泊相映成趣。一面青山在旁，鸟叫虫鸣；一面水波壮阔，远山如黛。与好友逆风驰骋吧，一路皆是曼妙风景。

坎上村段沿线的2千米聚集了泊隐·花境、舶来、遇见、甜地森林等多家人气咖啡馆，还有对新手很友好的米堆山步道，可以追橘子日落，邂逅终极浪漫。晚上入住网红民宿太美·雪绿，享受"绿野仙踪"般的湖畔森系生活。

"卷"起来的渔港路：小洱海？不！我们是"中国内湖第一渔港"

在环太湖大道的三岔口往右转，沿着"太湖蓝"驱车约20分钟，在路口左拐便到了有"中国内湖第一渔港"之称的太湖渔港村。

站在村口放眼望去，内湖港内停满了大大小小的船只，船桅直指蓝天，三三两两的行人悠闲地散着步，惬意地享受阳光与湖风。

沿着村口往里走，风里有些许淡淡的湿润的气息。网红"孤独灯塔"静静伫立于一望无际的太湖之中，虽孤独却也实在美丽，像极了电影中的浪漫场景。这是一个有湖光、有晚风、有渔船、有飞鸟、有灯塔、有晚霞的治愈之地。

码头上，阳光洒在湖面，泛起斑驳的光影，街边有移动餐车、汽车咖啡馆、演唱小乐队等，沿湖还放置着一排野餐椅和餐桌。在冬日的午后静坐于此，一边品茗或者喝着醇香的咖啡，一边赏湖光山色，惬意，不过如此……

继续往村里走，就能看到人气十足的太湖面馆十八浇。这家面馆起初只是一家做渔民生意的小馆子，后来渐渐成了苏州的网红店。有时候即便到了深夜也有许多人在此排队吃面，颇有几分"深夜食堂"的味道。

“卷”起来的穹灵路：入冬后超多人专门往这儿跑

穹灵路上，从沪、皖、浙驶来的汽车一辆接一辆，司机们探头寻找路两旁的羊肉小店，只为品上一口惦记已久的正宗藏书羊肉。

数十家羊肉馆子密集扎堆于此，无论是经营多年的老字号，还是新开的小店，在这里，总能找到最对自己胃口的店家。

老庆泰是苏州知名的藏书羊肉馆之一，也算是藏书镇规模最大、历史最悠久、最有故事的羊肉馆了。

和顺羊肉馆是这条街上的网红店。网友推荐菜第一名——羊肉锅仔，汤汁奶白，喝上一大碗，全身都热起来了。还有香烤小羊腿，肉质紧实，筋肉相连，口感层次丰富。

当然，还有些偏居一隅的小馆子，一不当心就会错过，却总能带给人意外的惊喜。

“卷”起来的银杏路：宝藏落叶打卡地

说起东山银杏路，还真不是自己想“卷”的。这条路因道路两旁遍植银杏树而得名。秋意渐盛，凉意渐起，落叶流金，浓墨重彩。这条人民街至紫金路段的银杏路虽然全长不过200米，却注定拥有不凡的秋冬。

不同于村落的银杏林，这里有着满满的生活气息，让每一个人不由自主地放慢了脚步。黄叶坠地，金黄色的景观与路两边的古朴建筑融为一体，将这里装点成金秋里的童话世界。

赶上一个晴好的午后，阳光从枝头、树隙间漏下，极致的色彩碰撞出天地之间的浪漫。

“卷”起来的天鹅荡路：令人向往的街区生活

苏州湾大道至吴郡路段的天鹅荡路，可谓吴中活力时尚街区的代名词。这里汇集永旺梦乐城、歌林公园两大商业街区，仿佛是藏在城市中的桃花源。

置身于烟波浩渺的东太湖之畔，感受千年姑苏的大运河之脉。永旺梦乐城将“最江南”的诗意与“最会玩”的活力融为一体，运动、潮流、文化、美食……包含了150家国际知名品牌，是集购物、休闲、美食于一体的大型购物中心。

歌林公园主打绿色植被公园式风格，是苏州文艺爱好者的打卡胜地。沉浸式的国潮集市姑苏二十四集、SKY BOOK书店、光影间影城、精品买手店ONE ZERO等都是火遍长三角地区的网红商业，东区最新“上线”的戏剧台阶文字展，随手一拍就是大片。

这里除了是年轻人的社群聚集地，欢乐的氛围也深深感染着周边的居民。暮色四合，华灯初上，有前来寻觅美食的市民、慕名而来的游客、嬉戏玩乐的孩子，还有跳广场舞的老年人，烟火气的持续升腾让天鹅荡路段的热度和人气持续攀升。

“卷”起来的龙西路：你到底藏着多少我们所不知道的

龙西路美食街把全国各地的特色美食都搬到一条街上的“神仙操作”，你见过吗？北起龙西路邱家桥，南至龙西路宝带路，全长1.1千米，看似貌不惊人的一条街，暗藏着不少美食。

无论你是本地小吃的拥趸，还是无辣不欢的重口味爱好者，这里都能有一小方桌椅满足你的胃口。

随着夜幕降临，这里便灯火通明，热闹喧嚣起来。近百家餐饮小吃店集结于此，浓浓的烟火气、满街飘香的美食吸引着“吃货”们。

金寨老鹅、衢州鸭头、重庆小面、北京烤鸭、兰州拉面、新疆烤肉……独具特色的菜肴，各种令人垂涎的美味小吃，不用走出苏州，一条街让你吃遍全国各地美食。

在吴中古树下重逢旧时光

年轻人中正流行一种新的生活方式——抱树。具体方式非常简单：走出家门，找一个公园，然后挑选一棵合自己眼缘的树，张开双臂，抱上去，静静感受。体会过抱树的人在社交媒体上这样说：“抱树可以缓解焦虑，十分解压。”“能让人重新收获快乐。”“明明是自己在抱树，却有种被树抱着的感觉。”

抱树真有这么神奇的功效吗？

是真的！相关研究发现，每天花点时间给树木来个深情的拥抱，确实能在一定程度上减轻压力，增强幸福感，改善情绪，甚至可以改变大脑中的化学反应，让你变得更加快乐。

吴中历史文化底蕴深厚，古迹众多，古树名木更是数不胜数。也许你不一定能拥抱它们，但当你凝望一棵古树时，便仿佛与过去的时光重逢了。愿每个人都能在吴中被治愈，收获快乐。

“最世纪”的树

坐标：甪直保圣寺

入秋之后，赏银杏可是件大事！一棵1500岁的古银杏树，摸起来是什么感觉？甪直古镇的保圣寺西院有3棵古银杏树，两雄一雌，树龄皆千年有余，被誉为“世纪之树”。

最霸气的树

坐标：东山北望岭下村

苏州最年长的银杏树位于东山北望岭下村，树龄超过2000年，被誉为“江苏银杏王”，树高30余米，树冠10余米，树干需3人方能围抱。

最沧桑的树

坐标：东山灵源古寺

东山陆巷古村旁有座灵源古寺，寺庙大雄宝殿前有棵罗汉松，树龄约1500年。灵源古寺几经摧毁，但与古寺同龄的罗汉松历经千秋风雨依然苍翠茂盛，如今，要四五人才能合抱。它与西巷古柏、吴巷山古银杏、敦裕堂前古紫藤并称东山四大“千年古树”。

最甜蜜的树

坐标：东山紫金庵

苏州素以桂花闻名，东山紫金庵的两棵桂花树也是大有来头。据说，这是苏州最古老的桂花树，至今已有600多年历史。远远的，鼻子已先于眼睛寻到了桂花的踪迹，那弥漫于空气中的馥郁，立刻让人想起桂花糖炒栗子、桂花糖芋艿等秋日美味。

“最孤本”的树

坐标：东山雕花楼

东山雕花楼内有一株最奇的花树——孩儿莲，有370多年树龄，其花小若指甲，花形如莲，花红润似孩儿脸。每到开花时节，小巧的簇簇红

花缀满枝头，煞是可爱。据考证，其他地区的孩儿莲在20世纪50年代已绝迹，所以雕花楼这棵孩儿莲已成国内孤本古树。

最高冷的树

坐标：穹隆山上真观

在苏州海拔最高山——穹隆山，有座上真观，观内大殿前有棵古玉兰，相传是乾隆皇帝种下的。侧倚飞檐，临风皎皎，古建筑衬托出它优雅端庄的风韵。每年年初，人们在花下祈福，让心愿与满树玉兰一同走进浪漫的暖春。

最荫凉的树

坐标：西山古樟园

古樟园内有一株宋代古樟和一株元代古樟，整个古樟群则背倚山坡，形成了一片浓荫蔽日的“清凉境”。宋代古樟挺拔舒展，端庄雍容，树干粗8米有余；元代古樟拔地而起，气宇轩昂，树干粗近5米。两株古樟枝叶相交，荫浓苍翠，气宇非凡。

最温情的树

坐标：西山明月湾村

这里的古樟见证了西山明月湾村的千年历史。植于唐代的古樟，树龄1200多年，主干直径2米，树冠高25米。古樟一侧主干因火烧、雷劈后成枯木，只靠后来发出的繁茂新枝维持生命，俗称“爷爷背孙子”。

最隐匿的树

坐标：光福司徒庙

邓尉山司徒庙中的“清奇古怪”4棵古树，就是苏州最为著名的柏树。传说司徒庙是东汉开国功臣邓禹的祠堂，4株汉柏由他亲手种下，距今有1900多年的历史。

“最禅意”的树

坐标：光福永慧禅寺

永慧禅寺内这棵植于元代的石楠树，树根一半扎进了石壁里，一半裸露在石壁外，虬曲的造型仿佛是经由画家摆弄而成，蓬勃的树冠张扬在飞云之下。数百年来，神佛“庇佑”前来祈愿的众生，古石楠树则伸展着浩荡的枝柯“庇佑”着神佛。

最稀罕的树

坐标：西山东蔡村

白皮松基本生长在北方，在江南少见。西山东蔡村春熙堂内，一棵雪枝翠叶、苍劲高耸的白皮松为此地的“三绝”之一。据测定，这棵树已有200多年的树龄。园内略显杂乱，唯有白皮松亭亭而立，静静地迎接着一批又一批的观赏者。

最坚守的树

坐标：阴山岛

阴山岛上也有千年古樟，覆荫面积大，村民爱在树下乘凉聊天。这棵千年古樟树高约36米，树干一圈达5.83米，远看过去，似乎将小岛严严实实地纳入它的怀抱之中。古樟就像阴山岛的一位长者矗立在村头，淡然地关注着湖面上来来往往的帆影桨声，守护着阴山岛。

最浪漫的树

坐标：西山罗汉坞

在西山岛秉场村罗汉寺，树龄600余年的香樟古树和300余年的紫藤缱绻缠绵形成“藤樟交柯”的奇景。古樟苍劲挺拔，遮天蔽日；古紫藤以阴柔之美，沿古樟缠绕而上，直达枝梢。紫藤盛开时，藤花如紫霞披挂在古樟树上，似紫色飞瀑，于绿荫间喷薄汇聚而下，被称为“吴中一绝”。

TIPS

在体会抱树带来的快乐的同时，千万注意以下细节：

1. 请各位“树友”别太较真

虽然当今科学界确实给出了抱树等自然疗法对人们身心健康有一定正向改善作用的报告，但只是一种辅助手段。一旦发现自己有严重的心理和生理问题，还请及时向专业人士寻求帮助。

2. 保护环境，人人有责

最初，人们通过抱树这种亲密接触的方式践行绿色行动，传播与自然和谐相处的环保理念。所以，请做一名理性的“树友”，在拥抱树木时不破坏周边的绿色植物，更不要影响到周边人的日常生活。

3. 抱树安全须知

大自然中美丽与风险共存，树干上的凸起、树皮上趴着的昆虫都有可能在你体验抱树时给你的身体带来伤害。在抱树前请一定先观察树木的健康、卫生和安全情况。此外，绝对不要在雷雨天体验抱树这项奇特的活动。

你们要的吴中版
Citywalk（城市漫步）来啦

从传奇的曾经走到诗意的今朝，感受每一条街巷闪耀着的异色光芒……古今交错的Citywalk是一种怎么样的体验？让小吴带大家一起漫步吴中，“穿越”时空，聆听历史深处和现代生活的交织回响。

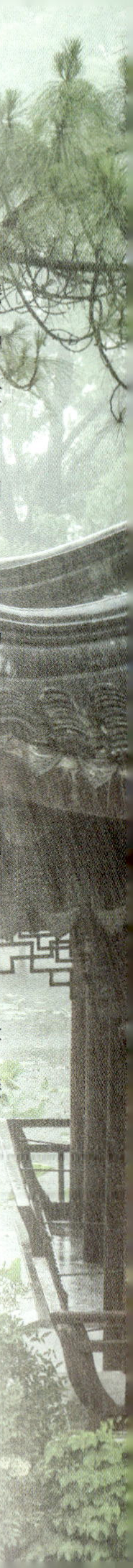

紫金庵：吴中寻宋，寻觅千年宝藏古迹

一场“寻宋之旅”让东山紫金庵成了吴中网红打卡点。紫金庵又名“金庵寺”，位于东山中部的西卯坞，至今已有1400多年历史，是全国重点文物保护单位。门口两只小石狮子歪着头，俏皮可爱，静守着紫金庵中的四季岁月。世人称“天下罗汉两堂半”，其中一堂就在东山紫金庵。

千年时光的沉淀让古庵静谧威严，仿佛一个超然世外的智者，静静地阅遍沧海桑田。

秋季无疑是紫金庵的绝佳观赏时间——黄墙灰瓦上布满了红色的爬山虎，庵堂四周遍植果树，挂红果的橘树和开繁花的枇杷树高低错落，让秋日的禅意更加浓厚。

TIPS

地址：东山镇碧螺村西坞153号

开放时间：8:00—16:30

门票：30元

周边推荐：陆巷古村、东山雕花楼、启园

东山启园：开个“隐藏款”山水园林盲盒

启园俗称“席家花园”，是一座浮于太湖山水间的苏式园林，让人仿佛穿越回古代的江南。它既有苏州园林小巧玲珑、曲折幽深的艺术特色，又具脉接七十又二峰、波连三万六千顷的粗犷气魄。漫步其中，移步换景，林荫繁茂，目之所及均被绿意覆盖，清凉之感扑面而来。

TIPS

地址：启园路39号

开放时间：8:00—16:30

门票价格：45元

周边推荐：御码头、紫金庵

臨池常寫換鵝經

木渎镇山塘街：没有一个“吃货”能空着肚子离开

木渎镇山塘街东起木渎老街中市街，向西北方向延伸至木渎灵岩山山脚。

木渎是一个2500多岁的园林古镇，这里有小桥流水人家的景象。古镇上有条香溪河，相传西施在馆娃宫中用香料沐浴，水流入山下河中，香脂日久不退，满河生香，于是便成了“香溪”。

此地一半古民居，一半烟火气。长长的街巷，在曾经的住户搬离后就变成了一间间颇具烟火气的小吃店，袜底酥、海棠糕、绿豆汤、枣泥麻饼、松子糖等地方特色食品让人眼花缭乱。百年老店乾生元也已在1923年的旧址上重新开业。

TIPS

地址：木渎古镇上

开放时间：全天

门票：进古镇免费，景点联票78元

周边推荐：明月古寺、虹饮山房、严家花园、古松园、榜眼府第

旺山景区：让人放空到只想“躺平”

旺山这里有始建于南朝梁天监二年（503）的宝华寺，但更多人痴迷的路线是沿着绿荫蔽日的山道，一路游览自然山村钱家坞，尝尝正宗农家菜饭，再前往藏有幽潭的九龙潭，或者去看看千亩茶园，喝喝泉水泡制的绿茶。在近年来颇受欢迎的网红打卡地遇见卢浮宫，你可以边赏雕塑边喝下午茶。总之，在古朴的旺山，请尽情地享受生活，彻底放空自己。

TIPS

地址：旺山村

开放时间：全天

门票：免费

周边推荐：钱家坞、九龙潭、洛嘉部落

宝带桥·澹台湖大运河国家文化公园：请悠闲地燃烧你的卡路里

澹台湖的名字来自孔子的弟子澹台灭明。长桥卧波，水天一色，澹台湖上有一条优美的"玉带"浮在水面，即为宝带桥，它是我国现存古代桥梁中最长的一座多孔石桥，也是全国重点文物保护单位。

在全新改造后的宝带桥·澹台湖大运河国家文化公园里，不仅可以看到"宝带串月"奇观，还能遇见缤纷花海。漫步于健身步道和醉月长堤，一边呼吸清新空气、欣赏秀美风光，一边燃烧自己的卡路里，想想就是件特别快乐的事情。

TIPS

地址：太湖东路363号

开放时间：全天

门票：免费

周边推荐：吴文化博物馆、东吴塔、五龙桥公园

尹山湖美术馆：再忙碌也别忘了记录自己

这次Citywalk的美术馆站让你的心脏和艺术、美学同频共振，只是随意漫步也能走出时尚大片的气质。那么多有意思的展览在此举办，赶紧来吴中做一次文艺的追随者吧。

TIPS

地址：环湖路299号

开放时间：9:00—17:00，16:30停止入场

门票：部分免费，需提前预约

周边推荐：

尹山湖全民健康主题公园、本色东西桥市集

藏不住了！家门口的网红秘密花园

周末，调慢生活速度，在吴中田园诗般的村庄中感受自然的宁静与惬意，仿佛切换到欧洲南法花园的松弛模式。不必去欧洲，都市人梦中的南法花园就在家门口：Bonjour（你好），吴中！前方闯入南法花园！

探寻！帕笛创艺餐厅

帕笛创艺餐厅位于吴中区横泾街道林渡暖村东林渡41号，隐于田间，野奢感十足。将现代人所需要的舒适自由、艺术品位和自然风光完美融合在一起，打造出一个神秘又与世隔绝的南法花园。

为什么叫帕笛？帕笛英文为Paddy，是稻田、稻花的意思。在太湖边林渡暖村的风吹稻浪里，开一家稻田餐厅，把四季的风味传递给来这里的食客，这是创立帕笛的初衷。

咔嚓！定格南法时光

在林渡暖村的白墙黛瓦中，这座南法风格的小楼显得格外引人注目，像是隔绝了两旁民房的乡野氛围，让人兀然闯进，和法式浪漫撞个满怀。

帕笛创艺餐厅由南法风格建筑、莫奈花园、窑烤面包炉、壁炉客厅、电影复古楼梯、梵高的世界等场地组成，是一处集小众婚礼场地、艺术策展陈列、音乐会、电影放映、自助酒会、非遗私宴、创意菜、下午茶等于一体的多功能艺术美食空间。

店里每一幅画、每一件装饰，都是店主为大家营造的极致浪漫。挂满油画的复古走廊、老洋房木楼梯、法式水晶灯，走进这里，像是一脚踏进电影的故事里。唱片机、琉璃台灯、复古钢琴……空间里每一个精巧的细节都在不动声色地勾勒着时光的复古韵味。白色蕾丝桌布搭配原木桌椅，浪漫的鲜花、精美的器具营造出了动人的法式餐桌艺术。

你只需悠然落座，沉浸于法式田园的浪漫氛围，就能让每一张照片洋溢着满满的情调。

融合！品味创意料理

餐厅主打新西餐融合、无国界融合料理，不仅有法式菜品，还创造性地融合了中式、日式、泰式、其他西式菜品，解锁独特且有趣的味蕾体验。

同时，餐厅更注重结合地域特色，融入本帮食材，推出季节限定、四季菜单，与食客建立更深刻的情感联结，讲好当地饮食文化故事。

在这里，你可以远离都市的喧嚣，探寻自然野趣，领略粗粝质朴、复古浪漫的南法风情。

TIPS

帕笛创艺餐厅不仅是以咖啡和创意菜为主的餐饮空间，还衍生出艺术策展陈列、空间拍摄、会务团建、咖啡周边文创等服务。

当 MBTI 遇见吴中的建筑

MBTI人格测试近年来很火。“你是i人还是e人？”成了当下最in（最流行）的交友暗号，而通过MBTI交友也已形成了一种社交新方式。

MBTI人格测试是一种性格测试工具，又名“16型人格测试”，主要从注意力方向（精力来源）、认知方式（搜集信息）、判断方式（决策方式）、生活方式（应对外部世界）4个维度来判断人的性格类型，各种人格对应不同的性格。

万物皆可MBTI。那么，吴中的建筑遇上MBTI测试，又会被划分为什么样的“人格”呢？跟着小吴一起来看看吧。

ENFJ主人公型人格：东吴广播电视塔

关键词：热情、坦诚、富有正义感

行为模式：散发着真实、关怀和利他主义的光环

地址：吴中区东吴北路长桥桥堍

在苏州中轴线南端、大运河奔腾交汇之处的东吴广播电视塔于1993年建成，正如ENFJ主人公型人格一样，散发着真实且正义的光环。30多年来，Ta见证了吴中城区的沧桑巨变和吴中百姓生活的巨大变迁。就像黄浦江上的东方明珠一样，大运河畔的东吴广播电视塔成为吴中城建的象征。

ISFJ守护者型人格：吴文化博物馆

关键词：安静、温暖、外冷内热

行为模式：勤勉奉献，对身边人有一种深深的责任感

地址：吴中区澹台街9号

博物馆是一座城市的灵魂，载满过去，驶向未来。吴文化博物馆是吴中历史文化的忠实记录者，也是装载吴地历史文化宝藏的独特容器。蓝天白云下，吴文化博物馆正如ISFJ守护者型人格一般，守护着这座城市中数千年历史的珍贵文物，专注且温暖，让优秀传统文化涵育新时代的文化自信。

ENFP 竞选者型人格：吴中机器人产业园

关键词：热诚、有智慧、想象力丰富

行为模式：精力充沛，充分吸引人们的目光

地址：吴中区吴中大道1368号

吴中机器人产业园背靠国家5A级景区旺山，南邻吴中太湖新城，目前已建成2个国家级重点实验室且同时获得多个国家级殊荣。作为吴中区三大主导产业之一，机器人与智能制造产业成为吴中区首个千亿级产业集群，吴中机器人产业园无愧“最有想象力和梦想的ENFP”之称。

ESFJ 供给者型人格：ID PARK 歌林公园

关键词：热心、乐天派、社交达人

行为模式：喜欢帮助他人，享受做有意义的事情的感觉

地址：吴中区天鹅荡路1-1号

作为拥有国内首家室内水上市集的商业体，歌林公园以高颜值外表、全业态布局以及标准化服务和购物中心游戏化的新玩法，打造真正属于青年社群的室内游乐场，为城市敬献一座融青年文化和全新生活方式为一体的新生代乐园。这里不仅打造了姑苏二十四集、SKY BOOK书店等网红打卡地，还举办了全国OP级帆船锦标赛、风浪音乐节等潮流活动，成为新青年聚集地。

INTP 逻辑学家型人格：中国中医科学院大学

关键词：纯真、具有好奇心、逻辑强

行为模式：有雄心壮志但注重隐私，充满好奇心但从不浪费精力

地址：吴中区临湖路999号

全市首个“国字号”大学本部中国中医科学院大学落户吴中，智慧、理性和思考是Ta的内核，陪伴着学子在知识的海洋里畅游，见证不同学科、不同思想的碰撞，记录每一位学子的辛勤与成长。

INFJ 倡导者型人格：角直古镇

关键词：温柔、坚定、诗意

行为模式：有创造力，富有想象力，充满信念和感性

地址：吴中区角直镇晓市路21号

被唐风宋韵浸润的角直古镇，其温婉灵秀的江南风光令人心驰神往，遍布的历史建筑及深厚的人文底蕴更值得称道。Ta温柔、坚定，富有诗意。在这里观古桥驳岸，看渔船人家，别有一番江南风味。

ISTP 鉴赏家型人格：本色美术馆

关键词：理性、灵活、随遇而安

行为模式：通过创造性思考解决难题，反复试验，依托第一手的经验来探索新想法的可行性

地址：吴中区通达路219号

本色美术馆秉持着东方美学的匠心，致力于推广中国当代艺术在试验性方面的探索，正如鉴赏家一样，一直非常乐意创造各种物品并真心实意地喜欢它们。除举办专业艺术展览外，这里还设有觉茶会、禅修精舍、文化书院、艺术客栈等，是物质和心灵的家园。

ESFP 表演者型人格：苏州保利大剧院

关键词：热情、自由自在、青春活力

行为模式：天生拥有强烈的好奇心，喜欢研究新设计，能自如驾驭各种风格

地址：吴中区长桥街道东苑路1号

因其立体且现代的外形和高品质获中国建筑行业工程质量最高荣誉“中国建设工程鲁班奖”。热情外向的Ta，见证了一场场音乐与话剧的盛会；开放的Ta，总是展现出独属于吴中的精彩与魅力。

每种MBTI都有其典型特点，每座建筑都有自己独特的气质。吴中将承继深厚的历史底蕴，沿着新时代奋勇向前的足印，创造新的辉煌，续写新的篇章。

首店！排队王！“面包脑袋”冲

周末在吴中Citywalk，深度体验城市烟火气和市井慢生活后怎能空手而归？那么，去吴中的网红面包店逛逛买买吧！其中不乏人气火爆的“苏州首店”，抑或是散落在城市角落能够治愈人心的“社区面包店”。属于“面包脑袋”们的Citywalk，周末就出发打卡吧！

最具人气首店

望丘山

近年来“首店经济”热度持续攀升，成为消费升级的“流量密码”。位于龙湖东吴天街的望丘山一度获评苏州“最具人气首店”，自2023年开业以来平均日接待客流超2000人次。

一走进店里，淡黄的主色调温馨又治愈，明厨制作让人倍感安心。望丘山的面包主打新鲜现烤，不用冷冻面团，从面粉到面包全程手工制作。拒绝中央工厂，全部现场烤制，出炉时热气腾腾，每一口都是新鲜的美味享受。

镇店招牌“爆款王”红豆肉松土司、榴莲控的挚爱“岩烧榴莲”、拥有6块“腹肌”的酸奶菠萝蜜、软乎乎的“心太软”……总之，路过你一定不会错过，因为排队的人真的太多了！

地址：吴中区东吴南路179号龙湖苏州东吴天街A-B1-19

望丘山
现烤面包商店

自带山野风味

ATE 手作窑烤面包

窑烤面包的独特之处，在于使用传统的窑炉进行烤制，其以东山果木作为燃料，产生了与众不同的口感和风味。樱皇精研日式面包粉的使用也是一大特点，其研磨精细和特性优质为面包提供了柔软细腻的口感，令人回味无穷。

专业的烘培师凭借丰富的经验和技巧，在500℃高温中短时间烘烤面包，极致锁水，这样烤出的面包才外脆里糯、松软可口。

推荐的有亚麻籽蔓越莓软欧、紫米奶酪软欧、日式奶酪红豆包、海盐卷……窑烤面包不仅是一种美食，更是对传统工艺的传承和创新。

店里还会不定期举办窑烤面包体验活动，去亲手参与制作，感受面包诞生的匠心吧！

地址：吴中区东山镇陆巷村129号ATE阿缇伊度假村内

一家社区面包店

雾春·食研社

一走进这家"大隐隐于市"的小店，感觉整个人都放松了。盐可颂、贝果、开心果碱水、大米面包、奶油嘟咪、咸蛋黄芝士流心肉松、芋泥烧……面包摆满门口的柜台，做的都是当下最热门的日式面包，口味也花样百出，性价比很高。

店里一楼卖面包，挑高的小二楼复古精致，布置了一些编织包、猫咪插画摆件、复古杯……每一处细节都透露着家的温馨。

这家店主打"社区面包房"概念，让周边居民能在家门口的小天地享受片刻闲适与惬意，它不仅是一家好吃的面包店，也是社区温情的缩影。

地址：吴中区郭巷街道尹墅路中海双湾花园二期北门68-118号（尹山湖商业水街停车场对面）

Wu Chun
春·食研社
面包 蛋糕 咖啡
cake
coffee
Welcome
面包 蛋糕店

知晓！吴中十五大非遗工坊

有这么一群人，他们安静、专注，从“手”开始，以“守”结束。他们偶尔自嘲自己渺小，“手”上做的事情意义不大。或许他们只是微弱的火苗，但凝聚起来，便有了代代相传的薪火，祖辈传下来的手艺，忘不了也不能忘。他们，便是非遗传承人。非遗文化需要有人传承发扬，也需要有更多关注的目光。如今，现代新式文化共享空间——非遗工坊，就是他们继续施展技艺的舞台。所以，各位请留步，让小吴和你说说这些非遗工坊的吴风雅韵，大家也不妨去看看，感受老手艺绽放出的新魅力。

锦达吴罗非遗工坊

知晓何为罗织物中的最高技艺

一根根丝线在铁木丝织机间不停穿梭，由经线相扭转，再和纬线相交，形成一个个孔洞。无论是素净肌理，还是华贵纹样，你都能透过苏罗看到东方织物的视觉艺术。

东山茶厂洞庭山碧螺春非遗工坊

知晓何为茶的“形美、色艳、香浓与味醇”

春分前后，吴中东、西山茶园里，茶农斜挎竹篮手指翻飞，将颗颗嫩芽收入腰间；炒茶间里，制茶师傅烧柴、起锅、控温，在近200℃高温的热锅里，手不离茶、茶不离锅，揉中带炒、炒中带揉，讲究的都是真功夫；品茗室里，茶、器、人在静谧的空间里融为一体，呷一口茶汤，忍不住叹一句：“香得吓煞人哟！”

盛风苏扇非遗工坊

知晓何为“怀袖雅物”

原来，苏扇归为三大类——折扇、檀香扇和绢宫扇，统称为“苏州雅扇”。一扇骨，撑起的是文人风骨；一扇面，呈现的是艺术雅韵；将两者合穿而成之间，是传承人指尖的“听扇曲”。

香山工坊香山帮技艺非遗工坊

知晓何为“咫尺之间，皆为巧心”

从梁栋之美到意境之妙，从雕镂刻画到布局规划，从厅堂屋舍到亭台楼阁，香山帮匠人专心营构，坚守着匠心与巧心。

周派核雕非遗工坊

知晓何为“刻刀下的万千世界”

光是阅读课本上的《核舟记》就足以让人惊叹不已，若到展馆现场一睹为快，更能让你感受到震撼。方寸之间，请君赏玩。

玉韵春秋玉雕非遗工坊
知晓何为“以玉化青铜”

原来，玉器和青铜器这两个风格迥异的文化符号，还能在现代艺术的融合中碰撞出新的火花。大英博物馆永久购藏的玉雕作品《角》《双羊尊》，正是当代玉雕青铜器系列雕刻艺术的代表作。

钟锦德红木雕刻非遗工坊
知晓何为“三分料，七分工”

用料固然要考究，但比这更重要的是，匠人出神入化的技法，以及手拿刻刀时，因人而异的心流。正是这份独特，赋予了雕刻作品灵魂与生命。

紫颐堂明式家具非遗工坊
知晓何为明式家具“二十四美”

简净简从，宛若天成；魏晋逸风，雅韵高情；蕴藉含蓄，涩而不滑；入俗入土，能用能逸……无论是哪种形制，你都会为博大精深的中华文化所惊艳。

木渎风绣娘刺绣艺术工作室
知晓何为“以针作画”

夕阳的余晖、湖水的光泽、归帆的船影，以及荡起的涟漪，风绣娘以一幅名绣《渔舟唱晚》，还原了所有你能从画中注意到的细节和色彩。

珍刻堂缂丝非遗工坊

知晓何为“一寸缂丝一寸金”

缂丝为皇室御用，存世精品稀少，代表丝绸织造的巅峰水平，再加上其背后的历史和文化内涵，缂丝拥有了比肩黄金的价值。

蔡云娣藏书澄泥石刻非遗工坊

知晓何为“东方绝艺”

传承人蔡云娣带着他的澄泥石壶，为父辈们坚守的“旧石器”开拓了生路，并将其发扬光大。继澄泥石刻《清明上河图》之后，蔡云娣再次为英国皇室献上了精妙绝伦的作品——一只名为《早生贵子》的澄泥石壶。

诗酒田园非遗工坊

知晓何为“有诗有酒有远方”

在这儿，品酒不是唯一的选择，依托当地特色田园乡村建设，辟一处田园，烫一壶米酒，读一首好诗，一同享受逃离都市的世外桃源般的生活。

东山糕点非遗工坊

知晓何为"舌尖上的东山"

美食江湖上赫赫有名的白玉方糕，其貌不扬，但制作方式极为讲究。红豆沙馅香香软软，糯米外皮洁白如玉，咬上一口，唇齿飘香，甜到心里，味蕾的感受总骗不了人。

竺坞山房巉村砚非遗工坊

知晓何为"此砚非彼砚"

过去很长一段时间里，巉村砚都被误认为是澄泥石刻，传承人徐佩根查阅史书，身体力行，为巉村砚正名，让这个苏州特有的石砚名正言顺地代代相传。而竺坞山房，是江苏省第八批次特色田园乡村（北峰坞）中的新型非遗文化空间，其正以它的品牌影响力，凝聚着更多化腐朽为神奇的手艺人。

琴韵核雕非遗工坊

知晓何为"核雕的血肉与灵魂"

传承人陆小琴擅长用作品传神，用眼神说话。当亲眼见过她的作品《守望》——等待子女归家的空巢老人，守着门口望眼欲穿的画面时，你无法不为之动容。

缥缈峰宏伟秀丽，太湖水宽广辽阔，山温水软造就了长歌婉转，造就了心手相应，也塑造了儒雅平和、落落大方。

手艺兴、歌谣汇、仪式盛、风俗多，这些在江南土地上衍生的梦境与现实，给了人们无数个与心灵微妙契合的点，成就了非遗技艺的繁盛。无论是针下锦绣、指上乾坤，还是精雕细琢、素木生花，这些技艺的背后，藏着的是一部充满诗情与智慧的吴中成长史。

在邈远广袤的吴地文化时空里，那些心手相应的人文与传奇隐现着无穷之态，招摇着不尽之意，等待着我们去进一步挖掘与呈现。一切正在继续……

漫步吴中特色菜市场，感受人间烟火气

吴中，始终是那个生生不息又烟火气十足的吴中。

纪录片《舌尖上的中国》导演陈晓卿说：“了解一个城市的最好方式，是去看它的菜市场。”在菜市场，你可以无限靠近当地人的真实生活，领略到一座城市的烟火气息与人文底蕴。同时，菜市场也见证了城市有温度的民生初心。

吴中给年轻人要的“荷花自由”

越来越繁忙的工作节奏加上电商模式的兴起，拉远了不少人和菜市场的距离。然而，这种情况在近两年似乎有了新的转变。

在多个新媒体平台上，输入关键词“东山早市”后，会出现不计其数的“攻略”“笔记”——年轻人居然开始“移情”菜市场了。东山农贸市场成为吴中新晋旅游目的地和热门打卡地之一。

盛夏，东山早市，紫薇花未眠。不时跳跃的“太湖一号”大虾，叫卖着手里的蔬菜甜瓜的阿姨大叔，零星赶来批发食材的饭店老板……在这样标准的露天菜市场里，一捆捆清雅的荷花以及甘甜清香的莲子，才是许多年轻人赶这趟早的理由。买上一把荷花、莲蓬扛在肩头，在天刚亮时赶到岱心湾，等第一缕阳光将花瓣的肌理清晰照亮，便与朝霞拍下绝美合影，然后再沿着莫厘路走到东山中学旁的面店，吃碗性价比极高的手剥虾仁面，为赶早画上圆满的句号。年轻人在吴中，有自己的玩法。

在东山早市上，还有这些美食：二十世纪七八十年代流行的夏日零嘴金铃子；近年流行的绿叶菜南瓜藤、红薯藤，味道那叫一个鲜嫩；像石膏一样规规整整的卤水豆腐；热销的如意结，夏天吃消暑解暑、开胃消食；东山特色U型卷，上面铺一层红绿丝，切开像芝麻千层；白白胖胖的馒头，体积是普通馒头的两倍大，十分松软。

菜市场的故事，未完待续……

立秋后8月初的某天凌晨2点，在南环桥市场海鲜区，一位主营海鲜批发配送业务的经销商从吕四港进了两车梭子蟹。工人们将一筐筐的梭子蟹从车上搬下来后经过分拣、称重、装车，将第一手梭子蟹分销给早已等候在此的采购商。

“迟到的梭子蟹个头比去年更大更饱满。”长达3个月的休渔期，再加上台风的影响，让苏州人对休渔后的“第一捕”十分期待。

南环桥市场作为苏州的老牌食材集散地，肩负着为吴中区乃至苏州市区供应绝大部分农副产品的重要职责。每一天，这里有数千吨的蔬菜、水产、肉类向外分销。

凌晨四五点是南环桥市场最热闹的时刻，小商户们在这里配货买菜，大商户们在这里团体批发。如果在这个时刻来，你会看到大货车进进出出，电瓶车来来往往，这是吴中每日苏醒前最质朴的模样。

此外，这里也是散户的最爱，人们往往整箱整批地购买水果，然后和熟人分一分。

在展现生活乐趣、风土人情的同时，吴中的菜市场也在不断升级。先进的科技和严格的监督管理，都让逛菜场的乐趣里增加了安全感与便捷度。

南环桥市场通过先进的冷媒循环技术，保证牛羊肉产品、鸡鸭分割品、海鲜水产、速冻面点等冷冻食品的新鲜安全，并在省内率先采用间接制冷的大型冷库。

木渎翠坊市集是吴中人家门口的“最美菜场”，融合了买菜购物、休闲美食、便民服务等多样化功能，精心打造出生活新空间，还运用数字化赋能市集智慧化管理，引入全自动垃圾分解处理设备“集成智管”，进一步降本增效，同时积极探索“平价菜摊”长效运营模式。在吴中，你可以随性地逛，更能够安心地买。

跟着时令徜徉，一年四季，周而复始。在艳阳高照的日子里，去菜市场兜一兜“白相相”，也是件正经事。吴中，始终是那个生生不息、烟火气十足的吴中，独特而迷人。

驰名中外！吴中特产（小吴推荐版）

吴中生态良好，物产丰饶，层出不穷的特产让每一个吴中人为之骄傲，其中有些特产早已走出中国，走向世界！

碧螺春茶：花香与果香浓缩进一杯茶香

一千个人心中，有一千种苏州春天的鲜味，但最鲜的一定是来自东、西山的“吓煞人香”——碧螺春茶。

洞庭山碧螺春是清朝康熙皇帝钦定的历史名茶，产于洞庭东、西山，具有“条索纤细，卷曲呈螺，茸毛披覆，银绿隐翠”之外形及“汤色碧绿，清香高雅，入口爽甜，回味无穷”之内质。以“形美、色艳、香浓、味醇”四绝闻名中外，被誉为“茶中仙子”和“天下第一茶”。

碧螺春是上天对吴中最独特的宠爱，洞庭东、西山终年水汽氤氲，岛上山岭起伏，土壤又是以石英砂岩与云母砂岩的坡积层发育而成的酸性土壤，使之成为全球同纬度地区最适宜同时生长茶树和果树的区域之一。聪慧的农人将枇杷、杨梅、柑橘等果树与茶树同植共生，形成了独特的茶果间作种植方式，碧螺春茶叶自然就带上了果香味，兼具花香、果味、茶韵。

7万芽头一斤茶，从采摘到成茶全部手工完成，要经历“采摘、拣剔、摊放、高温杀青、揉捻整形、搓团显毫、文火干燥”七道工序，且当天采摘的鲜叶必须当天炒制。如此费时费力，可见碧螺春茶是何其珍贵。

太湖大闸蟹：出口迪拜、日本等地

太湖大闸蟹具有“青背、白肚、黄毛、金爪”等特点，黄多油丰、肉质甜嫩，让人回味无穷。蟹的脾肺都是非常干净的白色，肉质白嫩、紧实、有嚼劲，还有点弹牙的口感；蟹黄入口黏滑细腻，带着淡淡的微甜，抿一口，幸福感油然而生。

一方好水养一方好蟹，水质从根本上决定着大闸蟹的质量。太湖水质优良，没有污染，不断有淡水优质水源流入更新，最佳水温在20℃—25℃，水的透明程度在40厘米以上。显然，太湖水十分符合大闸蟹的生长需求。

在大闸蟹还是宝宝的时候，我们俗称其为“六月黄”，它的肉质也是非常鲜美的。2023年6月，吴中出口的第一批“六月黄”太湖生态大闸蟹就已发往迪拜，随后发往日本、马来西亚等地，实现真正意义上的走出国门、走向世界。

● 枇杷：吴中枇杷凭啥是枇杷届顶流

金果渐欲迷人眼！每年5月，吴中人的朋友圈就被枇杷占领，满屏金黄的果子让人垂涎欲滴。有人说“世界上只有两种枇杷——吴中枇杷和其他”，这无疑是对吴中枇杷的最高称赞。

作为全国枇杷四大产区之一，吴中种植枇杷的历史悠久、文化底蕴深厚，有“洞庭山所产枇杷为天下之最”的美誉。而这之中又以白沙系列枇杷知名度最高，东山的白玉枇杷和金庭的青种枇杷都是白沙系列的当家品种，并相继被授予农产品地理标志登记证书。

东山白玉枇杷，肉厚汁多、甜而不腻、色泽晶莹，咬上一口，甜蜜瞬间涌上心头，曾多次在全国性的优果评比中获得大奖，是吴中东山闪亮的金字招牌。

西山青种枇杷成熟后果型圆大，口感、甜度俱佳，皮薄核小易剥离，汁多肉厚，酸酸甜甜，和东山白玉枇杷相比，多了一些清爽的口感。

● 杨梅：鲜甜！爆浆！飙汁

随着枇杷季的结束，杨梅开始登场，洞庭山起伏的山坡上、山坞里，杨梅树密密匝匝的绿叶间布满了繁星似的果子，霎时间漫山红遍，硕果满枝。

东山镇是全国著名的杨梅产区，已有1000多年的种植历史，受独特的太湖小气候环境的影响，东山细蒂杨梅果形饱满，形成了独一无二的口感——汁多味甜，风味独特，是东山名副其实的“红娇娘”。

太湖西山岛栽培杨梅同样有着1000多年的历史，这里的杨梅个大、肉厚，取一颗放入口中，轻轻一咬，口腔瞬间被甜蜜汁水充满，回味无穷。西山杨梅的品种有10余种，名列前茅的有乌梅种和浪荡子等。

● 水八仙：高端的食材往往只需要最简单的烹饪方式

苏州人将莲藕、茭白、荸荠、茨菰、水芹、鸡头米、菱角、莼菜8种水中鲜物合称为“水八仙”，秋季是鸡头米、茭白、菱角等上市的季节。

鸡头米即芡实，其以弹韧的口感、软糯的溏心尤受苏州人的喜爱。

茭白洁白柔嫩，口感糯软，风味甚佳。老苏州爱吃油焖茭白和茭白炒肉丝，这两道菜汁多肉香、滑嫩爽口，十分美味。

菱角，幼嫩时可以生食，老熟果则可熟食或加工制成菱粉。鸡头米炒红菱、老菱炖肉等吃法也别具风味。

莼菜，俗称“马蹄草”，常被用来做汤。将刚刚打捞出来的莼菜放入锅中，轻轻撒入几颗盐粒，再放入银鱼，慢慢搅拌一下，最后放入些许淀粉勾芡，一份美味可口的莼菜银鱼羹便可以出锅啦！

吴中到处是好山好水，不同的水土孕育出不同的好物。除了上述驰名中外的特产，吴中还有不少特产值得关注。

光福镇特产：窑上桂花酱

关键词：苏州最“香”的村、甜食指南

要问秋是什么味，这位很有发言权——来自“桂花之乡”的光福。唐宋时这里便栽植桂花，如今产量、质量更雄踞全国之首。

光福桂花又以窑上村的为冠，这里有千余株百年桂树，更有数株老桂树年逾八百，静立在西碛山坞。若秋至，这里会是苏州最“香”的村子。采摘下来的桂花将被筛拣、清洗、晾晒和去涩，再经梅卤腌制后加工成咸口梅酱桂花或甜口糖桂花。建于1982年的窑上花果蜜饯厂就这样酿造着甜蜜。

传统与现代交融出最令人心动的“甜”。桂花糖藕、糖桂芋艿、桂花冬酿酒……若说桂花入馔是自然的馈赠，那么以桂花之名邀饕餮之客，则是吴中人的舌尖智慧。

横泾街道特产：横泾大米

关键词：奖拿到手软、QQ弹弹不能拉丝

春泥和太湖水的味道，横泾大米最了解。众所周知，吴中自古以来就是鱼米之乡，数千年稻文化源远流长。横泾稻米种植基地位于吴中东太湖畔，这里日照充足，山水相依，远离工业。水稻种植全周期坚持引用太湖活水自然浇灌，保证了横泾大米喝太湖水“长大”的生态优势。

不仅如此，横泾大米精选南粳46号原种培育，稻米品质优，熟相好，整精米率高，做成的米饭晶莹剔透，口感柔软润滑，富有弹性，冷了也不会发硬哦！

越溪街道特产：王森甜点

关键词：现实版巧克力工厂、世界冠军

你看过电影《查理和巧克力工厂》吗? 或许你曾幻想过置身于巧克力世界，身边的所有物品皆是巧克力制作而成的场景。旺山遇见卢浮宫，由王森集团创始人王森一手打造的现实版“巧克力工厂”充满着甜蜜与奇幻。在这里，万物皆可用巧克力制作——青铜器、青花瓷、器皿、刺绣、仿生花等，只有你想不到的，没有做不到的，更有用面包制作的城堡，不愧是“指尖的艺术”。

在这里小吴不得不骄傲地提一句，来自苏州王森冠军联盟的西点师吕浩然曾凭借其精湛的技艺和充满创意的设计，夺得了提拉米苏世界锦标赛冠军，成为第一个获得这一殊荣的中国人。

城南街道特产：老相食

关键词：古法匠造、遥遥领先

因材施艺、精工细作是苏州人对待饮食的态度。而大街小巷的菜场、商店超市、苏式汤面馆，随处可见金记食品旗下中国驰名商标“老相食”的产品。老相食诞生于2005年，取自“老相识”谐音，其原料来自100平方千米非转基因绿色大豆基地，生产时将流传2000多年的豆腐古法匠造精髓与现代精湛技术巧妙融合。

金记食品参与3项国家行业标准制定，承担10项国家星火计划和省市科研项目建设，拥有138项国家专利技术和自主知识产权，在研的γ-氨基丁酸胚芽豆乳技术更在国际上遥遥领先。

苏帮菜中的百鸟戏素鸡、镜箱豆腐、八宝豆腐等菜品，又把老相食与人文情怀巧妙融合，融入苏州人“从农田到餐桌”的日常生活中。

香山街道特产：香山福蹄

关键词：距离百年老店还差不到50年

“蜷缩”在太湖之畔、渔洋山脚下的香山福蹄，门面不大，没有宣传广告，只靠口口相传的古老方式，在香山一带赢得了好口碑。

每道工序、每个细节，顾老板都怀着精工细作、一心一意的匠心精神。他说：“做吃的不能糊弄，不然牌子要做塌掉的。”这只蹄髈，浓油赤酱，肥而不腻，入口即化，让人唇齿留香。50余年光阴足以让一个人专心将一件事情做到极致，让更多的人通过感受这道“经典”，对传统有更深入的理解。

长桥街道特产：向阳肉

关键词：小鲜肉、酒香不怕巷子深

长桥向阳肉，因向阳村而得名，是长桥张家红烧肉的一种统一叫法，主要有方肉、蹄髈、脚爪3种。二十世纪七十年代末，长桥向阳肉声名鹊起，成为长桥的一张美食名片。

在吴中的老饕眼中，长桥的向阳肉实在是难得的美味。要烧好一块向阳肉，从选料、打坯、清洗、上锅、白坯制作、精加工到装盘，前后要经过7道程序、8个小时。

向阳肉与一般红烧肉最大的区别在于它的口感香糯入味，吃一口就会沦陷。过齿难忘的美味使它俘获了一拨又一拨“吃货粉”。

郭巷街道特产：尹山湖美术馆文创品

关键词：逆天颜值、江南美学生活

以苏州古典园林中花窗为元素的首饰套装；与苏州百年老字号馀昌钟表合作，表带采用非遗宋锦，表盘画面取自徐里《金秋》油画及陈波《春雨润园新》工笔画中元素而设计出的文创手表；获得过省紫金文创大赛一等奖的一壶四杯手工镶嵌银的茶具包袱；采用釉画彩工艺、花纹酷似天然的青山纹路的青山直杯……每一种文创产品都带着独一无二的苏州记忆、吴中记忆，让你可以把赏不尽的江南风情带回家去。设计精妙、情趣盎然，凭设计、凭手艺、凭颜值征服你。200多款文创产品，你可别挑花眼了！

太湖街道特产：全景感官影秀剧《信仰》

关键词：国内首部、突破次元壁

是太久没有去剧场了吗？现在外面看剧已经发展成这样了——居然有360度巨屏，座椅跟随镜头转动，打破了传统“镜框式”的模式，在观众席上也可赏太湖之滨风光。这神奇的观影体验就来自苏州湾的橙天嘉禾剧场的剧目《信仰》，这是国内首部360度全景感官影秀剧，也是一度刷爆苏州人朋友圈的一部戏。该剧突破性地结合了谍战题材、蒙太奇等影视化叙事手法，融入跑酷、齐舞、音乐剧等更年轻化的现场表演形式。剧情方面，以吴氏姐弟为线索聚焦革命历史征程中荡气回肠的大事件，又由个体故事展现大时代的侧影。就让我们一起在太湖畔突破次元壁，点亮心中的信仰吧。

努力当好“最美吴中”推荐官

（代后记）

《IN吴中》在筹备多月后，终于要付梓了。

这本书的缘起，是“吴中发布”编辑团队的一次创新尝试。一年多前的一次选题策划会上，我们认为“吴中发布”作为官方政务微信公众号，除了《政务吴中》《产业吴中》《民生吴中》等栏目，还要发挥官方发布素材来源广泛且权威的先天优势，以及记者小编们每日都接触吴中、宣传吴中、研究吴中的人文优势，去更多地挖掘吴中特色亮点，专门开设一个栏目，把吴中的景点、景区、美食、美景、好物、好人、打卡点、休闲地、游览线充分挖掘出来，展示推介出去。

《INWUZHONG》，应运而生。

吴中的特质，大概可以用这么三句话概括。第一句话：吴中是吴文化的发祥地和集大成者。古镇古村星罗棋布，非遗技艺星光璀璨，名人圣贤群星闪耀，吴文化在吴中是具象化的，既有物的留存，也有艺的传承，更有人的演绎。第二句话：太湖风光美，精华在吴中。吴中拥有太湖的最长岸线、最大湖面、最多湖岛，可以说是三万六千顷太湖孕育的明珠。同时，太湖也是吴中的母亲湖，太湖赋予了吴中优质的水源、优良的生态、优美的风景。吴中与太湖的关系是双向奔赴，彼此成就。第三句话：产业与创新是吴中御风而起的靓丽名片。近年来，吴中确立了“产业强区、创新引领”的发展战略，风起太湖，潮涌吴中，机器人和人工智能、生物医药与大健康，以及低空经济、新能源智能汽车、第三代半导体等新兴产业方兴未艾，成为吴中面向未来、制胜未来、开创未来的坚实基础。

《INWUZHONG》从诞生那天起，就承担起了展示吴中特质的使命任务。所以，《开栏的话》中这样写道：这是继《早安吴中》《产业吴中》之后，“吴中发布”又一创新功能模块。如果说《早安吴中》是一键概览吴中大小事，《产业吴中》是记录吴中产业强区铿锵步伐，那么，《INWUZHONG》就是盘点吴中特色亮点、彰显吴中最美模样，争当一直在线的“最美吴中”推荐官。

一年来，勤劳的小编们给读者们捧出了“吴中四季”：春天，可以来吴中的花海打卡，可以来湖边的草地露营，可以去新中式茶馆品茗，可以去太湖边探访宝藏公园、喝网红咖啡，有一种味道，就叫吴中的春天；夏天，可以探秘“空调村”、追寻“橘子海”，也可以走一走古镇的街巷，尝一尝清凉的美食，再探一探吴中的“夜宵江湖”；秋天，桂花正香，银杏正黄，红枫烂漫，可以来登临吴中的这些山，更可以去太湖做一回“岛主”，吃遍吴中这些五星面馆，定让人大呼过瘾、不虚此行；冬天，吴中的水杉演绎出

了大片感，人们在古树下重逢旧时光。逛吃吴中，特色菜市场让人感受人间烟火气，吴中人离不开的年味把人馋哭。

以上这些，都是“吴中发布”《INWUZHONG》栏目的原创分享，也均汇编在这本《IN吴中》里。很有才情的小编们脑洞大开，充分发挥了新媒体善于发现、精于总结、易于传播的特长，运用盘点、分类、集中的方式，列出了“最美吴中”的体验清单。这既不同于一般的旅游推荐，又区别于普通的营销广告，是从全新的角度，让读者看到吴中的不同侧面，激发读者向往体验、身临其境的热情，然后按图索骥，去解锁打开美丽吴中的更多新方式。

小书付梓之际，最想说三个感谢：

感谢区委、区政府和各级领导的关心支持，这也是《INWUZHONG》从萌芽破土到拔节生长最温暖的阳光雨露。“吴中发布”作为官方政务微信公众号，得到了区领导和板块、部门领导的关心关注和支持帮助，无论是《产业吴中》《聚焦企业》，还是《早安吴中》《民生吴中》《INWUZHONG》，大家都第一时间给出指导意见，提出修改建议，让编辑记者们充满创新创优的力量。区委宣传部上下，特别是区委常委、宣传部部长尤建丰同志给予了“吴中发布”最坚定的支持，也让《IN吴中》得以顺利出版发行。

感谢苏州日报、古吴轩出版社的老师们妙笔生花，他们在近百期《INWUZHONG》中精心遴选出数十篇推文，按《春季篇》《夏季篇》《秋季篇》《冬季篇》和《逛吃篇》五大篇章编辑成册，将原本不甚关联的内容梳理出内在逻辑。那些起承转合的文字和精心选择的照片，为读者呈现了不一样的吴中印象。作为微信公众号的栏目文章汇编，文字的原生态和照片的现实感，真实有余、精致不足，没有编辑老师的用心用情，《IN吴中》就不会如此精彩。

感谢吴中融媒体同仁的辛苦付出。这是一个年轻的团队，也是一个朝气蓬勃、充满创新力的团队。想起吴中融媒体组建的那些日子，从调研汇报到方案落地，从公司注册到人员招聘，从场地选址到装修建设，从揭牌成立到正式运行，创业维艰，得失寸心知。正是这支队伍，创造了“吴中发布”粉丝数从10多万到50多万的精彩蝶变，也见证了“吴中发布”成为吴中党员干部群众“第一信息源、最大正能量”的历史进程！

从《INWUZHONG》到《IN吴中》，这是一次从线上到线下的跃迁，也是一个继往开来的新起点。

“吴中发布”，一直在路上。

吴融媒

2024年10月16日写于吴郡